Bettina Raddatz

Hannover Connection 2.0
Justiz und Verwaltung im Zwielicht

edition winterwork

Bibliografische Informationen der Deutschen Nationalbibliothek:
Die Deutsche Nationalbibliothek verzeichnet diese Publikation in der Deutschen Nationalbibliografie. Detaillierte bibliografische Daten sind im Internet über http://www.d-nb.de abrufbar.

Impressum

Bettina Raddatz, »Hannover Connection 2.0
– Justiz und Verwaltung im Zwielicht«
www.edition-winterwork.de

Satz: VERUS MEMENTO VERLAG, Hannover
Umschlag: VERUS MEMENTO VERLAG, Hannover
Fotos: Gunther Oberheide, Hannover (sofern nicht anders angegeben)
Druck und Bindung: winterwork Borsdorf

ISBN 978-3-96014-333-8

Hannover Connection 2.0

Justiz und Verwaltung im Zwielicht

Bettina Raddatz

edition winterwork

Ich bitte meine Leserinnen um Verständnis, dass ich im Interesse der besseren Lesbarkeit auf Genderformulierungen verzichtet habe; es ist immer die Funktion gemeint und nicht das Geschlecht.

Begleitmaterial (Vermerke und weitere Schriftstücke) zu dem in vorliegendem Buch dokumentierten Fall finden Sie auf meiner Webseite www.Bettina-Raddatz.de

Alle Angaben nach bestem Wissen und Gewissen, ohne Gewähr.

In Zeiten der allgemeinen Täuschung
ist es eine revolutionäre Tat,
die Wahrheit zu sagen.

George Orwell

Inhaltsverzeichnis

Vorwort

Die Autorin hat mich in meiner Eigenschaft als Vorsitzender des Vereins gegen Rechtsmißbrauch e.V. (VGR) gebeten, ein Vorwort zu ihrem neuen Sachbuch zu schreiben, dem ich gerne nachkomme. Ich meine, dass ich mir, was die Zustände in Rechtsprechung angeht, ein zutreffendes Urteil erlauben kann, da ich mich seit mehr als 25 Jahren als Vorsitzender des VGR mit den Missständen in der Justiz beschäftige. Da ein beträchtlicher Teil dieses Buchs sich mit dem Verhalten der Justiz beschäftigt, werde ich erläutern, warum die Rechtsprechung öfter als allgemein angenommen, sich nicht an Gesetz und Recht hält.

Die nachfolgenden Ausführungen dienen auch dazu, ein Missverständnis vieler Bürgerinnen und Bürger zu beseitigen, die meinen, die Gesetze seien verantwortlich dafür, dass Richter gewissermaßen gezwungen sind, dem Gesichtspunkt der Gerechtigkeit nicht so gerecht zu werden, wie sie dies erwarten, bzw. meinen, darauf einen Anspruch zu haben. Gemäß § 38 DRiG (Richtereid) schwört jede Juristin und jeder Jurist bevor sie/er zum/zur Richter/in ernannt wird, u. a. *„nur der Wahrheit und Gerechtigkeit zu dienen“*. Der Anspruch besteht also kraft gesetzlicher Vorschrift. Warum die Rechtsprechung sich oft nicht an Gesetz und Recht hält, ergibt sich aus den nachfolgenden Ausführungen.

Ein wesentliches Element der funktionierenden, repräsentativen Demokratie und damit des Rechtsstaates ist die Gewaltentrennung. Gemäß demokratischem Selbstverständnis sollen die staatlichen Gewalten (gesetzgebende, gesetzesvollziehende und rechtsprechende Gewalt) sich gegenseitig kontrollieren. Die gegenseitige Kontrolle soll die Mäßigung der Staatsgewalten bewirken. Bezogen auf die Rechtsprechung bedeutet dies, dass deren Kontrolle die Bürgerin/den Bürger vor richterlicher Willkür und/oder vor Fehlentscheidungen schützen soll. Im Gegensatz zur gesetzgebenden und zur gesetzesvollziehenden Gewalt ist die rechtsprechende Gewalt keiner direkten Kontrolle ausgesetzt. Die Rechtsprechung kontrolliert sich selber. Offenbar geht dies über ihre Kraft. Die der Rechtsprechung auferlegte Selbstkontrolle soll durch folgende Vorschriften gewährleistet werden:

1. § 339 Strafgesetzbuch (Rechtsbeugung)
2. § 26 Abs. 2 Deutsches Richtergesetz (Dienstaufsicht)

Gemäß Artikel 20 Abs. 3 Grundgesetz (GG) ist die Rechtsprechung an Gesetz und Recht gebunden. Letztverbindliche Instanz für die zur Auslegung und Anwendung dieser beiden gesetzlichen Vorschriften ist der Bundesgerichtshof (BGH). Die folgenden Ausführungen belegen, dass der BGH diese Rechtsnormen gesetzwidrig auslegt und anwendet, so dass sie nur noch sehr eingeschränkt wirken können.

1. Gesetzwidrige Auslegung und Anwendung des § 339 StGB (Rechtsbeugung)

Die Professoren Bemmann, Seebode und Spendel werfen dem BGH als höchstem Strafgericht unseres Landes in der Zeitschrift für Rechtspolitik (ZRP) 1997, Seiten 307ff, vor, diese Strafvorschrift gesetzwidrig einzuschränken. Gemäß ständiger Rechtsprechung des BGH soll nur der „*elementare*“, also der „*schwerwiegende*“ Rechtsbruch den Tatbestand der Rechtsbeugung erfüllen und damit strafbar sein. Dies, so die drei Professoren, missachtet den Gesetzeswortlaut.

Die einschränkende, gesetzwidrige Auslegung und Anwendung des § 339 StGB hat dazu geführt, dass seit Bestehen der Bundesrepublik Deutschland nur wenige Richter wegen Rechtsbeugung verurteilt worden sind. Diese gesetzwidrige Spruchpraxis des BGH hat die abschreckende Wirkung dieser Strafvorschrift nahezu ausgehöhlt und zu einem Selbstschutz richterlichen Fehlverhaltens geführt. Professor Spendel kommentiert das Ergebnis dieser gesetzwidrigen Auslegung und Anwendung im Leipziger Kommentar zum Strafgesetzbuch, 10. Auflage 1988, § 336 (jetzt § 339), Randnummer 3, zutreffend wie folgt:

„Daß die Rechtsbeugung ein sehr selten begangenes Delikt sei, wird oft behauptet, ist aber leider eine schon nicht mehr fromme Selbsttäuschung; richtig ist, dass sie nur selten strafrechtlich verfolgt und noch seltener rechtskräftig verurteilt wird."

Die zuvor genannten Professoren schlagen daher in der ZRP 1997, 307f vor, auch die minder schwere Rechtsbeugung zu bestrafen, und zwar mit mindestens sechs Monaten Freiheitsstrafe. Die Politik wäre im Interesse der sachgerechten Rechtspflege (des Rechtsstaates) verpflichtet, diesen dringend nötigen Reformvorschlag zu verwirklichen.

2. Gesetzwidrige Auslegung und Anwendung des § 26 Abs. 2 DRiG (Dienstaufsicht)

Gemäß ständiger BGH-Rechtsprechung unterliegt der Kernbereich der richterlichen Tätigkeit nur dann der Dienstaufsicht, wenn es sich um eine offensichtliche Fehlentscheidung (Fehlurteil) handelt (BGHZ 70, Seite 4). Der BGH-Richter a.D. Dr. Herbert Arndt hat in der Deutschen Richterzeitung (DRiZ) 1978, Seite 78, darauf hingewiesen, dass die *„Offensichtlichkeit"* im Gesetz keine Stütze findet. Die Auslegung und Anwendung dieser Vorschrift durch den BGH verstößt gegen den Gesetzeswortlaut, und ist somit gesetzwidrig. Dr. Arndt schreibt in seinem Aufsatz „Grenzen der Dienstaufsicht über Richter" (DRiZ 1974, Seiten 248ff) auf Seite 251:

„Der Richter ist an Gesetz und Recht gebunden; verletzt er das Gesetz, dann verletzt er seine Pflichten." Die Dienstaufsicht wäre gemäß Dr. Arndt verpflichtet, nicht nur die Beschwerde über eine offensichtliche, sondern über jede gesetzwidrige Entscheidung zu prüfen und ggfs. Vorhalt und Ermahnung auszusprechen, wie dies § 26 Abs. 2 Deutsches Richtergesetz (DRiG) vorschreibt.

Nach meinen Erfahrungen sind die Gerichtspräsidenten nicht einmal bereit, Beschwerden über offensichtliche Fehlentscheidungen zu bearbeiten. Sie teilen dem Beschwerdeführer fast immer gesetzwidrig mit, sie dürften wegen der richterlichen Unabhängigkeit (Art. 97 Abs. 1 GG) das Fehlurteil nicht bewerten. Wenn der Richter weiß, dass er für sein Fehlurteil noch nicht einmal ermahnt wird, wie es § 26 Abs. 2 DRiG vorsieht (Vorhalt und Ermahnung), von strafrechtlichen Konsequenzen ganz zu schweigen, dann wird er nachlässig und zugänglich für gesetzwidrige Einflüsse. Der ehemalige Richter am Oberlandesgericht Köln, RA Dr. Egon Schneider, beklagt in der Zeitschrift für die Anwaltspraxis, 2005, Seite 49: *„Eine Crux unseres Rechtswesens ist das völlige Versagen der Dienstaufsicht gegenüber Richtern. Welche Rechtsverletzungen Richter auch immer begehen mögen, ihnen droht kein Tadel."*

Das Versagen der Dienstaufsicht gegenüber Richtern bestätigt die Erkenntnis, dass niemand Richter in eigener Sache sein kann. Ich fordere deshalb, die Dienstaufsicht über Richter/innen den Gerichtspräsidenten zu entziehen und sie auf einen von den Gerichtspräsidenten unabhängigen **Justizombudsmann** - wie in Schweden - zu übertragen. Die Politik wäre verpflichtet, diese Gesetzesvorschrift im vorgeschlagenen Sinne zu ändern, wozu sie aber nicht bereit ist. Als Ausrede dient ihr das Scheinargument, dass die Kontrolle im Rechtszug erfolgt. Die Politik ist nicht bereit, die Rechtswirklichkeit zur Kenntnis zu nehmen, d.h., dass diese Kontrolle im Rechtszug oft nicht erfolgt, da die Berufungs- oder Revisionsinstanz aus falsch verstandener Kollegialität die Fehlentscheidung der Vorinstanz bestätigt. Die durch den BGH gesetzwidrig ausgelegten und somit gegen das Gesetz angewendeten beiden Vorschriften verstoßen nicht nur gegen deren Gesetzeswortlaut, sondern auch gegen Art. 20 Abs. 3 GG, wonach die Rechtsprechung an Gesetz und Recht gebunden ist. Dadurch wird die der rechtsprechenden Gewalt auferlegte Selbstkontrolle fast beseitigt. Eine solche Rechtsprechung ist der sogenannten *„doppelten Rechtsordnung“* zuzuordnen. Sich selbst und die Seinen misst die Rechtsprechung mit ganz anderen Maßstäben als Außenstehende.

Der sehr bedenkliche Zustand der Rechtsprechung hat meines Erachtens seine hauptsächliche Ursache in der fehlenden Selbstkontrolle der Rechtsprechung. RA Dr. Egon Schneider berichtet in der ZAP vom 24.3.1999, ‚ZAP-Report: Justizspiegel’, er habe von Anwälten so viele Berichte über Fehlentscheidungen der Gerichte erhalten, dass es von der Menge her fast möglich wäre, eine *„Zeitschrift für Justizunrecht“* zu füllen. Diese BGH-Rechtsprechung beschädigt den Rechtsstaat und damit einen Teil der demokratischen Ordnung. **Auch für die Rechtsprechung gilt: Unkontrollierte Macht korrumpiert.** Jede/r Betroffene einer Fehlentscheidung ist aufgerufen, von den Politikern der Parteien im Bundestag und in den Länderparlamenten zu fordern, dass die Kontrolle über die Rechtsprechung, wie sie gesetzlich vorgesehen ist, wieder eingeführt wird, d.h., dass der Justizombudsmann eingeführt wird, um die wirksame Beschwerde gegen ein Fehlurteil wieder zu gewährleisten.

Horst Trieflinger
Vorsitzender des Vereins gegen Rechtsmissbrauch
Frankfurt am Main, im Juli 2017

Hannover und seine Connection

Als es mich Mitte der siebziger Jahre von Bonn nach Hannover verschlug, wurde ich von meinem Bonner Freundeskreis mit Mitleidsbekundungen geradezu überschüttet. *„Du Ärmste! Wie furchtbar! Ausgerechnet in diese spießige Stadt willst Du gehen!“*, so und so ähnlich lauteten die Kommentare. Ich verließ die Stadt am Rhein mit gemischten Gefühlen. Mein Zeitvertrag beim Bundesbildungsministerium lief aus und aus Hannover lag ein Angebot für einen Referentenposten im Wirtschaftsministerium vor; mit Anfang zwanzig eine verlockende Perspektive.

Anfänglich schien es so, als ob meine Bonner Freunde Recht behalten sollten. Statt mit kontaktfreudigen, lebenslustigen Rheinländern hatte ich es jetzt mit reservierten Niedersachsen zu tun. Schützenausmärsche in Reih und Glied statt Karneval mit Kollegen. Und natürlich gab es hier auch keine Vorgesetzten, die an den feuchtfröhlichen Tagen auf dem Schreibtisch Tanz- und Gesangseinlagen boten.

Statt Kollegen, die mich mit offenen Armen empfangen hatten und denen es sichtlich Spaß machte, die unerfahrene Hochschulabsolventin in die Geheimnisse der Verwaltung einzuweihen, traf ich in Hannover auf Ministerialräte, die der ersten Frau im höheren Dienst mit Argwohn begegneten. Man machte kein Geheimnis daraus, dass man mich als nicht ministrabel ansah, meine Röcke als zu kurz, meine Sommerkleider als zu freizügig und meine Hosenanzüge als ganz und gar unpassend empfand.

Wenige Tage vor Ablauf der Probezeit, als ich sämtliche Vorurteile bestätigt glaubte und der niedersächsischen Landeshauptstadt den Rücken kehren wollte, lernte ich meinen Mann kennen - und blieb dann doch in Hannover.

Heute, fast vierzig Jahre später, bin ich mich zum überzeugten Hannover-Fan geworden. Ich bin beruflich und privat viel in Deutschland und Europa herumgekommen und habe mich immer wieder gefragt, woher das Imageproblem der niedersächsischen Landeshauptstadt resultieren mag. Mit der Realität hat es jedenfalls wenig zu tun. Hannover ist eine durch und durch lebenswerte Stadt. Zugegeben, der Hannoveraner an sich gehört nicht zu den freundlichsten und kommunikativsten Menschen unseres Landes. Er gibt sich eher zugeknöpft, gelegentlich auch mundfaul, und nicht annähernd so kontaktfreudig wie die Menschen in manch anderer Region Deutschlands. Dafür haben die Hannoveraner andere Vorzüge, etwa ihre Zuverlässigkeit und vor allem ihre Bodenständigkeit.

Hannover hat es nicht verdient, als spießig, provinziell und langweilig belächelt zu werden, wie ich es bei meinen Kollegen bei den Bund-Länder-Arbeitskreistreffen immer wieder erleben musste. Die niedersächsische Landeshauptstadt bietet ein breit gefächertes, abwechslungsreiches Kulturangebot, das es mit jeder anderen Großstadt aufnehmen kann: Das Opernhaus, die Konzertreihen des NDR, die Chopin-Gesellschaft, die Musikhochschule, ein Jazzclub, etliche Kleinkunstbühnen; für beinahe jeden Geschmack gibt es Möglichkeiten. Auch die Museumslandschaft, angefangen vom Wilhelm-Busch-Museum über das Sprengel-Museum bis zum Landesmuseum und etlichen anderen renommierten Kulturstätten kann sich sehen lassen. Ganz zu schweigen von dem weit über Niedersachsen hinaus beliebten ‚Kleinen Fest im Großen Garten' und vielen anderen Veranstaltungen in den traditionsreichen Herrenhäuser Gärten.

Doch nicht nur das Imageproblem macht der Landeshauptstadt zu schaffen. Hannover hat Mitte der neunziger Jahre des letzten Jahrhunderts den zweifelhaften Ruf erlangt, die Stadt der Strippenzieher zu sein. Die „Hannover-Connection", auch als „Maschsee-Mafia" und „halbseidene Herrengang" bezeichnet, hat bundesweit von sich reden gemacht. Ein Club von Spitzenpolitikern, Spitzenmanagern, Kulturschaffenden und Rotlicht-Größen soll über viele Jahre hinweg nicht nur die Geschicke der Landeshauptstadt im Hintergrund gelenkt, sondern maßgeblich Einfluss auf die Bundespolitik genommen haben. Als Hauptakteur galt zunächst der hannoversche Notar und Anwalt Götz von Fromberg, auch Pate der Maschsee-Mafia genannt. Der Notar gehörte über viele Jahre zu den engsten Freunden des Bundeskanzlers Gerhard Schröder. Als Schröders damalige Ehefrau Hillu sich von ihm trennte und die Heizungen in der Staatskanzlei wegen der Energiesparmaßnahmen übers Wochenende auf ungemütliche 15 Grad heruntergefahren waren, fand Schröder im Hause der Familie von Fromberg Unterschlupf.

Später wurde der Finanzunternehmer und Chef des Finanzkonzerns AWD Carsten Maschmeyer als zentrale Figur der Hannover Connection ausgemacht. In der Landeshauptstadt kursierten viele Gerüchte über die legendären Sommerfeste des Multimillionärs. Hochrangige Politiker wie Christian Wulff, Sigmar Gabriel, Gerhard Schröder und der vormalige Vizekanzler Philipp Rösler wurden dort gesichtet. Wilde Spekulationen gab es auch über die Geschehnisse in der Runde der mächtigen Männer, die sich bevorzugt im Partykeller von Götz von Fromberg oder in der VIP-Lounge des Fußballvereins Hannover 96 traf. Hinter vorgehaltener Hand wurden, bevorzugt übrigens von Politikern aus der zweiten Reihe, die nicht zur Hannover-Connection gehörten, schlüpfrige Geschichten über die Vorkommnisse im angeblich verruchten Partykeller des Anwalts kolportiert.

Ich nahm die fantasievollen Schilderungen der Politiker gerne auf und nutzte sie für meine Politikkrimis. Dass sie auch nur ansatzweise der Realität entsprachen, darf indes bezweifelt werden.

Neben von Götz von Fromberg, Carsten Maschmeyer und den Spitzenpolitikern Gerhard Schröder, Christian Wulff und Sigmar Gabriel wurden der ‚Scorpions'-Sänger Klaus Meine, der vormalige Chef des TUI-Konzerns Michael Frenzel und last not least der frühere Präsident der Hells Angels, Frank Hanebuth, den vermeintlichen „Mafia-Größen aus Hannover" zugerechnet. Die Journalisten Wigbert Loer und Oliver Schröm beschreiben in ihrem Buch „Geld. Macht. Politik"[1] wie Carsten Maschmeyer Einfluss auf die politischen Entscheidungen und Gesetzesvorhaben von Schröder und Wulff genommen haben soll.

Auch der Dokumentarfilmer Lutz Hachmeister weist in seinem Buch „Hannover. Ein deutsches Machtzentrum"[2] darauf hin, dass Maschmeyer seine Kontakte in der Hannover Connection zum eigenen Vorteil genutzt habe. Allerdings vertritt er auch die Meinung, dass Maschmeyers Einfluss auf die Politik maßlos überschätzt worden sei. Dieser Meinung kann ich mich nur anschließen. Gesetze sind ein Ergebnis langwieriger Verhandlungen zwischen den betroffenen Ressorts der Regierung, die sich im Übrigen nur selten einig sind, den Regierungsfraktionen, die ebenfalls fast immer unterschiedliche Vorstellungen einbringen, und enden meistens in Kompromissen. Lobbyisten sind dabei nur einer von vielen Playern.

Dass der Gründer und frühere Vorstandsvorsitzende des Finanzdienstleisterkonzerns AWD bestrebt war, zu Spitzenpolitikern gute Beziehungen zu pflegen und Einfluss auf politische Entscheidungsprozesse zu nehmen versuchte, hat indes mit der Hannover Connection wenig zu tun. Auch

---

1 Wigbert Löer, Oliver Schröm „Geld, Macht, Politik - Das Beziehungskonto von Carsten Maschmeyer, Gerhard Schröder und Christian Wulff", Droemer, 2014

2 Lutz Hachmeister „Hannover - Ein deutsches Machtzentrum", Deutsche Verlagsanstalt, 2016

andere Spitzenmanager in Banken und Industrie haben immer wieder versucht und versuchen es weiterhin, Einfluss auf Gesetzesvorhaben und politische Entscheidungen zu nehmen. Lobbyisten sind ein weltweit bekanntes Phänomen. Zudem sind Kontakte zwischen Spitzenpolitikern und Wirtschaftsführern in einem Land, das an vorderster Stelle im Ranking der Industrienationen steht, geradezu unvermeidbar. Alles andere wäre realitätsfern. Zu verhindern, dass sich diese Kontakte negativ auf die Gesellschaft auswirken und die Belange Dritter zu kurz kommen, ist Aufgabe der Parlamente in Bund und Ländern, gelegentlich auch der höchsten Gerichte.

Festzuhalten ist, dass der Hannover-Connection vieles angedichtet wurde, was zwar in einem Tatortkrimi für Spannung sorgen würde, mit der Wirklichkeit jedoch wenig zu tun hat. Ihr Einfluss wurde überschätzt, für ihre angeblichen halbseidenen Machenschaften und Verbindungen zu attraktiven Escort-Damen fehlt bis heute jeglicher Beweis. Und dass die niedersächsischen Politiker Schröder, Wulff und Gabriel es bis in höchste Staatsämter auf Bundesebene gebracht haben, hat mit den jeweiligen politischen Machtkonstellationen und den Talenten der Beteiligten zu tun, aber bestimmt nichts mit ihren geselligen Runden bei Wein und Bier. Inzwischen hat sich die Hannover Connection ohnehin in Wohlgefallen aufgelöst, teils weil ihre Mitglieder das Rentenalter erreicht haben, teils durch deren Wegzug aus Hannover.

An ihre Stelle ist eine andere Connection getreten, die Hannover Connection 2.0, ein Netzwerk aus Verwaltung, Justiz und Politik. Die Hannover Connection 2.0 erweist sich für die Bürger als weitaus bedrohlicher als dies die Connection um Maschmeyer herum jemals vermochte. Ihre Mitglieder treffen sich nicht in Partykellern, auf spektakulären Sommerfesten oder in VIP-Lounges. Sie arbeiten subtiler und im Verborgenen. Gerade das macht sie so gefährlich für die Bürger. Sie helfen sich gegenseitig, wenn es darum geht, als lästig empfundene Ansinnen der Bürger abzuwehren. Sie unterstützen sich, wenn Fehler oder Missstände vertuscht werden sollen. Ihre Macht zeigt sich nicht in hohen Bankkonten und Aktiendepots, nicht in Traumhäusern und Luxuskarossen. Ihre Macht demonstrieren sie, indem sie Menschen, die nicht zu ihnen gehören und als lästig empfunden werden, mit den ihnen verfügbaren Mitteln bestrafen. Welche das sind, werde ich in vorliegendem Buch beschreiben. Die Strafen können brutal ausfallen. Sie können Menschen in Existenznot bringen. Dies macht der von mir dokumentierte Justizfall Olaf Mertins deutlich. Der Fall ist deshalb wichtig, weil es jeden Bürger treffen kann. Jeder kann Opfer solcher Netzwerke werden. Auch wenn ich die Vorgänge der Hannover Connection 2.0 dokumentiere, ist davon auszugehen, dass es vergleichbare Connections auch in anderen deutschen Städten gibt.

Auf das Schicksal des Kaufmanns Mertins bin ich im Jahre 2014 aufmerksam geworden. Der Unternehmensberater Theodor Stahmeyer, über dessen Fall ich in meinem Blog berichtet hatte, wies mich auf Olaf Mertins hin. Mertins gab mir dann Einblick in Unterlagen, die ihm im Laufe der Jahre in Rahmen von Gerichtsverfahren, aber auch durch Einsichtnahme in Polizeiakten, zur Verfügung gestellt worden waren. Weitere Unterlagen wurden mir dann ab August 2016 aus dem Kreis der ‚Kameraden' übermittelt, die mich davon überzeugen wollten, dass Mertins ein Bombenattentäter sei und mir interne Unterlagen aus Behörden schickten. Diese Unterlagen belegten allerdings keinesfalls, dass Mertins ein Bombenattentäter war. Im Gegenteil, sie bestätigten, dass die Behauptung, Mertins habe einen Sprengstoffanschlag geplant, auf einem Irrtum der Behörden beruhte.

Als ich in meinem Internet-Blog über den Fall berichtete, geriet auch ich ins Visier der Täter. Bei meinen Recherchen bin ich auf manipulierte Akten der Polizeidirektion Hannover, auf fragwürdige Aussagen von Polizeibeamten vor Gericht, auf getürkte Berichte der Landesbehörden an den Landtag, auf rechtlich unzulässige polizeiliche Ermittlungen und die Duldung von Morddrohungen und andere Straftaten gestoßen. Es gab Spuren zu einem Pädophilenring und Verbindungen zu ‚Reichsbürgern'.

Im Zusammenhang mit dem Anschlag des islamistischen Terroristen Anis Amri auf den Berliner Weihnachtsmarkt wurde vom zuständigen Innensenator Strafanzeige gestellt, weil ein Beamter des LKA einen Vermerk nachträglich geschönt hat. In dem von mir dokumentierten Fall war es nicht anders, mit dem Unterschied, dass niemand bei den zuständigen Behörden und Politikern in Niedersachsen Anstoß daran nahm.

Manche Leser meines Blogs haben mir vorgeworfen, dass meine Beiträge über die Geschehnisse rund um den Fall unrealistisch seien. Das alles könne gar nicht stimmen, vermutlich sei meine Fantasie mit mir durchgegangen. Dem ist nicht so. Wer sich davon überzeugen will, kann auf meiner Internetseite www.Bettina-Raddatz.de Einblick in konkrete Unterlagen nehmen.

Der Albtraum nimmt seinen Anfang

Wie lebt es sich in einem der reichsten Länder der Welt, gepriesen als Vorbild für eine funktionierende rechtsstaatliche Demokratie, wenn man jahrelang mit Morddrohungen konfrontiert wird? Wenn mit Drohmails und in Internetforen offen angekündigt wird, dass man zeitnah *„ausgeschaltet"* werden soll? Wenn die Täter, die sich ‚Kameraden' nennen und sich bester Verbindungen zu den zuständigen Ermittlungsbehörden brüsten, damit drohen, *„die Öfen in Bergen-Belsen wieder anzuheizen"* und das eigene fünfjährige Kind einem Pädophilenring auszuliefern? Wenn man Hilfe bei Gerichten und Behörden sucht und gegen Windmühlen anrennt? Die Antwort weiß das Opfer Olaf Mertins. Ich habe ihm die Frage gestellt. Er habe keine Wahl, meinte er. Er müsse sich mit seinem Schicksal abfinden und sich mit den Bedrohungen und Schikanen arrangieren. Und dies seit nunmehr neun Jahren.

Den Anfang markierte ein unspektakuläres Familienrechtsverfahren. Mertins, als selbstständiger Bankenberater tätig, war zu der Auffassung gelangt, dass das Oberlandesgericht Celle mit unzutreffenden Zahlen und manipulierten Steuerunterlagen gearbeitet hatte. Auf unerklärliche Weise waren die nach seinem Dafürhalten manipulierten Unterlagen dann auch noch bei Geschäftspartnern des Kaufmanns gelandet. Zudem hat das Oberlandesgericht Celle in dem Verfahren die Bremer Bank, eine Tochter der Dresdener Bank, mit der Bremer Landesbank verwechselt. Nur für letztere war er tätig gewesen. Eine mehr als peinliche Angelegenheit für den Bankenberater. Im Zuge der Amtshaftung begehrte er Schadensersatz vom Land Niedersachsen. Der Sachverhalt sollte vom Präsidialrichter Stephan Seiters geprüft werden. Der befand sich allerdings auf dem Sprung an den Bundesgerichtshof in Karlsruhe, was ihn offenbar in Hochstimmung versetzte. So berichtete die Journalistin Marianne Brückl in „Der Polaris", dass der Richter betrunken gewesen sei, als Mertins telefonisch Kontakt aufnahm und den Kaufmann mit *„Hallo mein Schatz!"* begrüßt habe, bevor er das Telefonat abrupt beendete. Das Interview ist in der Materialsammlung zu dem Buch enthalten, die in meinem Internet-Blog abrufbar ist. Als sein Nachfolger wurde Dr. Christian Busse mit der Sache betraut. Hierzu später mehr.

Von dem, was sich in der Folgezeit hinter den Kulissen abspielte, bekam der Kaufmann zunächst nichts mit. Er war arglos, als er im Dezember 2008 zu einem Gespräch mit dem Ministerbüro ins niedersächsische Justizministerium gebeten wurde. Er selbst hatte sich um das Gespräch bemüht. Es sollte um seine Schadensersatzforderung gegen das Land gehen. Das nahm Mertins zumindest an. Als er in den frühen Abendstunden das Ministerium betrat, ahnte er nicht im Entferntesten, dass er unter einem Vorwand ins Ministerium gelockt worden war. In Wirklichkeit ging es dem Justizministerium nicht um ein Gespräch über Amtshaftung und Schadensersatz, vielmehr sollte der Kaufmann von SEK-Beamten auf Waffen und Sprengstoff durchsucht werden. Offenkundig war er auf Grund einer E-Mail des Präsidialrichters Christian Busse vom Oberlandesgericht Celle als gefährlich eingestuft worden. Der Präsidialrichter hatte ihn als psychisch auffällig bezeichnet und geraten, ihn durch die Polizei auf Waffen durchsuchen zu lassen. Weshalb diese Durchsuchung ausgerechnet in einem Ministerium stattfinden sollte, wurde niemals geklärt. Die Referatsleiterin des Ministeriums, Frau Dr. Annette Wiegand-Schneider, hielt in einem Aktenvermerk fest, dass *„Herr Mertins ins Justizministerium gelockt und sodann von mehreren Polizeibeamten überwältigt wurde."* Dass die Referatsleiterin auf den Kaufmann nicht sonderlich gut zu sprechen war, ergibt sich nicht nur aus ihrem Aktenvermerk, sondern aus einer behördeninternen

E-Mail, in der sie über eine Presseinformation des Kaufmanns schreibt: „*Und hier das Wort zum Freitag: Was ich nicht lese, beleidigt mich auch nicht.*" Diese Mail sollte acht Jahre später von der Tätergruppe, die sich ‚die Kameraden' nennt und die Eliminierung des Kaufmanns anstrebt, gleich mehrfach zitiert werden. Die Referatsleiterin selbst, die als kompetente Juristin gilt, wurde ein Jahr nach den Vorfällen des denkwürdigen Dezemberabends zur Vorsitzenden Richterin beim Oberlandesgericht Celle befördert.

Zurück zu den Ereignissen im Dezember 2008. Im Treppenhaus des Justizministeriums wurde der ahnungslose Besucher Mertins von vier schwer bewaffneten Polizisten erwartet. Neben Polizeihauptkommissar Michael Behrens waren drei weitere Einsatzkräfte der Polizei im Einsatz. Die Polizisten überwältigten den Kaufmann und durchsuchten ihn nach Waffen und Sprengstoff. Eine brenzlige Situation für den Kaufmann, der zu einer Besprechung ins Ministerium eingeladen worden war und nicht mit einem Sondereinsatz von SEK-Beamten rechnen konnte. Die als Elite-Polizisten bezeichneten Spezialeinsatzkräfte sollen nur bei schwerer Kriminalität, bei Einsätzen gegen gewalttätige Terroristen und verdeckten Schutzmaßnahmen eingesetzt werden. Ihr Einsatz bedarf der Zustimmung des Lagezentrums des niedersächsischen Innenministeriums. Ob diese gegeben wurde, obwohl keines der rechtlich definierten Erfordernisse vorlag, war vom Innenministerium nicht zu erfahren. Eine Anfrage wurde nicht beantwortet. Nachdem die Einsatzkräfte feststellten, dass Mertins weder Waffen noch Sprengstoff bei sich trug, begleiteten ihn Michael Behrens und ein weiterer Polizeibeamter ins Ministerbüro. Hier wurde er vom persönlichen Referenten des Justizministers, Igmar Krieger, erwartet. In den Akten wurde später vermerkt, dass ein deeskalierendes Gespräch mit Mertins geführt wurde.

Krieger gab in seiner zeugenschaftlichen Vernehmung über das Gespräch zu Protokoll, dass der Kaufmann in keiner Weise aggressiv gewesen sei, auch nicht in den vorausgehenden Telefonaten. Offenbar fühlte sich Krieger nicht wohl in seiner Haut. Er betonte, dass es der Vorschlag der Polizeidirektion Hannover gewesen sei, Mertins ins Ministerium einzuladen und nach Waffen und Sprengstoff zu durchsuchen.

Wie sich später herausstellte, verdächtigte die Polizei den Kaufmann, einen Bombenanschlag auf den Justizminister geplant zu haben. Wenn die Polizeibehörden tatsächlich davon ausgingen, dass ein Bombenanschlag auf den niedersächsischen Justizminister Bernd Busemann drohte, drängt sich die Frage auf, weshalb der mutmaßliche Bombenattentäter ausgerechnet ins Justizministerium einbestellt wurde. Man stelle sich vor, ein Terrorist kündigt einen Bombenanschlag auf die Bundeskanzlerin an und die Sicherheitsbehörden bestellen ihn ausgerechnet ins Kanzleramt ein! Weshalb wurde Mertins nicht ins Polizeipräsidium einbestellt und dort einer Vernehmung und gegebenenfalls Gefährderansprache unterzogen? Oder war den Polizeibehörden von Anfang an klar, dass Mertins niemals mit einem Bombenanschlag gedroht hatte? Beruhte alles nur auf einer Inszenierung?

Eine Gefährdungslage habe tatsächlich aber gar nicht bestanden, gab der Ministeriumsmitarbeiter Krieger zu Protokoll. Mertins habe entspannt und in keiner Weise gefährlich auf ihn gewirkt. Auch Kriegers unmittelbarer Vorgesetzter, der Büroleiter Bernard Südbeck, inzwischen Leiter der Staatsanwaltschaft Osnabrück, wies bei seiner Zeugenvernehmung ausdrücklich darauf hin, dass er gegenüber der Polizei niemals von einem geplanten Bombenanschlag gesprochen habe. Er könne sich nicht erklären, wie es überhaupt zu der Behauptung gekommen sei. Bereits Stunden zuvor hatte der Büroleiter sowohl mit dem Sicherheitsdienst, der den Eingang des Ministeriums bewachte, als auch mit einem Beamten der Polizeidirektion Hannover telefoniert. Seiner Zeugenaussage zufolge hat er den Polizeibeamten darauf hingewiesen, dass von einer Absicht Mertins, einen Sprengstoffanschlag zu verüben, keine Rede sein könne. Weshalb kommandierte die Polizeibehörde trotzdem gleich vier Beamte der polizeilichen Eliteeinheit ab? Auch diese Frage blieb bis zum heutigen Tage ungeklärt.

Es kann für die Geschehnisse in den Folgejahren dahin gestellt sein, ob der Schadensersatzanspruch des Kaufmanns berechtigt war oder nicht. Nicht zu leugnen ist, dass die Bankenkrise zahlreiche Opfer unter den Geschäftspartnern der deutschen Banken forderte und es teilweise zu drastischen Auftragseinbrüchen und in der Folge zu Insolvenzen gekommen ist. Genauso wenig aber kann ausgeschlossen werden, dass Fehler eines Richters beim Oberlandesgericht Celle wie die Verwechslung von Banken und unzutreffende Berechnungen des Gerichts einen Schadensersatzanspruch begründeten. Zudem könnte der Kaufmann mit seiner auf einem Anrufbeantworter des Oberlandesgerichts Celle hinterlassenen telefonischen Nachricht zur Zuspitzung der Situation beigetragen haben. Allerdings vermerkte der Präsidialrichter Dr. Busse, der einen Telefonmitschnitt hatte anfertigen lassen, dass Mertins nur schwer verständlich gewesen sei. Auch dies wirft Fragen auf.

Ungeachtet dessen rechtfertigt nichts davon die dramatischen Geschehnisse in den Tagen und Monaten nach der Einbestellung des Kaufmanns ins Justizministerium. Keiner der unmittelbar Betroffenen, die mit Mertins gesprochen hatten, hatte ausgesagt, dass der Kaufmann einen Bombenanschlag plante oder damit drohte. Weder der Präsidialrichter Dr. Busse noch die beiden Beamten des Justizministeriums, die mit ihm telefoniert hatten.

Und dennoch sollte das Leben des Kaufmanns und seiner Familie durch die Anschuldigung, ein Bombenattentat geplant zu haben, auf verhängnisvolle Weise beeinträchtigt werden.

Seit dem Vorfall im Dezember 2008 wurde der Kaufmann immer wieder mit Morddrohungen konfrontiert. Im Mai 2009 wurde sogar aus einem fahrenden Auto heraus auf ihn geschossen, die Täter wurden niemals ermittelt. Einen dramatischen Höhepunkt stellten die Ereignisse ab August 2016 dar, als ich erstmals über Aktenmanipulationen der niedersächsischen Behörden berichtete. Fortan wurden nicht nur der Kaufmann selbst, sondern zugleich sein fünfjähriger Sohn fast täglich mit Morddrohungen oder anderen abscheulichen Ankündigungen überzogen. Auch ich wurde unter Druck gesetzt. Verantwortlich dafür ist eine Gruppe, als deren Leiter sich eine Person mit dem Tarnnamen *Volker Leiter* beziehungsweise *Volker L.* hervorgetan hat. Sie selbst nennen sich ‚Kameraden' und bedienen sich auch sonst gerne eines Vokabulars, das in der rechten Szene verortet sein dürfte. Zum Kern der Gruppe gehören neben *Volker L.* seine ‚Kameraden' *Bernd Herstedt*, von *Volker L.* Bernie genannt, *Jens Röpke* sowie *Claudia Winter*. Doch dazu später mehr.

Wie konnte es soweit kommen? Wer sind die ‚Kameraden' und weshalb bedrohen sie den Kaufmann und seinen Sohn mit Ausschaltung und anderen Gewalttaten? Und wie steht es um die Verantwortung der Ermittlungsbehörden, der Justiz und betroffenen Politiker an der seit nunmehr neun Jahren anhaltenden Bedrohungslage?

Dem werde ich in vorliegendem Buch nachgehen.

Eingangsbereich des Niedersächsischen Justizministeriums

Plötzlich aus dem Leben geschieden

Groß war die Bestürzung, als der niedersächsische Landtagsabgeordnete Ralf Briese im Oktober 2011 tot in seiner Wohnung in Oldenburg aufgefunden wurde. Briese, Mitglied der Landtagsfraktion Bündnis90/Die Grünen, war nur vierzig Jahre alt geworden. Der Politiker war über die Parteigrenzen hinaus beliebt; nicht nur in der eigenen Fraktion, sondern auch bei Abgeordneten anderer Landtagsfraktionen. Ihm eilte der Ruf voraus, ein Pragmatiker zu sein, bürgernah und nicht abgehoben.

Als innenpolitischer Sprecher seiner Fraktion wirkte er u. a. im Ausschuss für Rechtsfragen und im Kontrollausschuss des Niedersächsischen Landtages mit. Doch auch wenn der Oppositionspolitiker als aufmerksam und kritisch in der Kommentierung der niedersächsischen Innenpolitik galt und dem damaligen niedersächsischen Innenminister Uwe Schünemann das Leben nicht leicht machte, gehörte er nicht zu den Schreihälsen im Landtag in Hannover. Hart ging er beispielsweise mit dem Innenminister ins Gericht, als das Ministerium 13.000 „ausgediente" Pistolen auf dem freien Markt verkaufte, um die Landeskassen zu füllen, wie die Regierung freimütig einräumte. Ein *„Irrsinn"* befand der Abgeordnete. Als überaus lästig dürfte die Landesregierung auch die Forderung Brieses nach einer Beschwerdestelle gegen Polizeigewalt für Bürger empfunden haben, zumal sie in der Bevölkerung auf fruchtbaren Boden stieß.

Und jetzt war der engagierte Politiker plötzlich tot. Mit hoher Wahrscheinlichkeit durch einen Suizid zu Tode gekommen, befand die Polizei. Eine offizielle Bestätigung, dass es sich zweifelsfrei um eine Selbsttötung handelte, gab es jedoch nicht. Viel sprach dafür, dass der Politiker sich das Leben genommen hatte, soll er doch seit geraumer Zeit unter Depressionen gelitten haben. Dennoch gab es in den Monaten nach seinem Ableben wilde Spekulationen bis hin zu

Gerüchten, dass der israelische Geheimdienst Mossad seine Finger im Spiel gehabt haben könnte. Solche Gerüchte hatte es auch im Todesfall des früheren FDP-Spitzenpolitikers Jürgen W. Möllemann gegeben. Auch hier halten sich bis zum heutigen Tage Vermutungen, dass der Mossad am Fallschirmabsturz des Politikers beteiligt gewesen sei. Ein automatisches Rettungssystem, das sich auch ohne Zutun des Fallschirmspringers von selbst aktiviert, habe aus unerklärlichen Gründen versagt. Das Gerät war bei der Untersuchung des Unfallortes verschwunden. Nach Angaben der Polizei war es nicht auffindbar, was Spekulationen darüber förderte, Möllemann könne womöglich nicht freiwillig aus dem Leben geschieden sein. Der Politiker hatte sich kritisch über Israel geäußert und die Belange der Palästinenser verteidigt. Auch Briese soll sich kritisch über Israel und dessen Siedlungspolitik geäußert haben. Bewiesen wurden die Behauptungen, dass der Mossad involviert gewesen sei, in beiden Fällen nicht.

Ich selbst habe Herrn Briese nur ein einziges Mal persönlich kennengelernt: Als Leiterin des Europäischen Informations-Zentrums Niedersachsen war ich zu einer Diskussionsveranstaltung der Landtagsfraktion Bündnis 90/Die Grünen mit anschließendem Umtrunk eingeladen. Meine Tätigkeit brachte es mit sich, dass ich zu allen Landtagsfraktionen gute Kontakte pflegte und regelmäßig zu Veranstaltungen der Fraktionen eingeladen wurde. Besonders eng, fast schon freundschaftlich, waren die Beziehungen zur Vorsitzenden der Fraktion Die Linke, Kreszentia Flauger, obwohl wir politisch nicht auf einer Wellenlänge lagen.

Aber auch zu einigen Abgeordneten aus der SPD und CDU bestand ein vertrauensvolles Arbeitsklima, ebenso zu der Abgeordneten Filiz Polat von den Grünen, über die später noch zu berichten sein wird.

Mit Herrn Briese wechselte ich an diesem Abend nur wenige Worte. Wir waren in unterschiedlichen Politikbereichen tätig, es fehlte an gemeinsamem Gesprächsstoff. Hätte ich allerdings geahnt, dass der Politiker sich im Fall des vermeintlichen Bombenattentäters Olaf Mertins engagierte und dass ich einige Jahre später ein Buch über den Fall schreiben würde, wäre die Begegnung sicherlich anders verlaufen.

Mertins hatte den Landtagsabgeordneten im Juni 2009 angeschrieben und um Aufklärung gebeten, was konkret die Polizeibehörden dem Kontrollausschusses des Landtages über die Ermittlungen gegen ihn berichtet hatten. Erst zwei Monate nach den Vorgängen im Justizministerium hatte er erfahren, dass ihm die Planung eines Bombenanschlags vorgeworfen wurde. In seiner Antwort teilte der Abgeordnete Mertins mit, dass es einen Bericht des Innenministers an den Kontrollausschuss des Landtages gab, er über den Inhalt jedoch wegen des Vertraulichkeitsgebots keine Auskunft erteilen könne. Auch müssten die Berichte anonymisiert sein, es würden keine konkreten Personen benannt. Wie sich später herausstellte, war das vorliegend nicht der Fall. Im Bericht der Polizeidirektion Hannover an den Landtag wird der Name Olaf Mertins ausdrücklich genannt.

Briese verwies den Kaufmann ans Verwaltungsgericht. Allerdings soll er Parteifreunden gegenüber sein Befremden über die Behandlung der Angelegenheit durch den Innenminister mitgeteilt haben. Möglicherweise wäre er der Sache weiter nachgegangen, wenn er nicht wenige Wochen nach seinem Schreiben an Mertins ums Leben gekommen wäre.

… noch ein Todesfall

Noch eine weitere Schlüsselfigur im Justizfall Olaf Mertins kam zu Tode. Im Alter von nur fünfzig Jahren verstarb der Präsidialrichter am Oberlandesgericht Celle, Dr. Christian Busse, *„aufgrund tragischer Umstände"*, wie die Pressestelle des Gerichts mitteilte. Busse war es, der im Dezember 2008 maßgeblich dazu beitrug, dass Mertins überhaupt ins Visier von Justiz und Polizei geriet. In eincr E-Mail an das niedersächsische Justizministerium bezeichnete er den Kaufmann als psychisch auffällig. Es sei geboten, Mertins polizeilich auf Waffen zu durchsuchen, schrieb er am 11. Dezember 2008 an seinen Kollegen Ulrich Leder, der umgehend das Justizministerium einschaltete. Anlass war ein Telefonmitschnitt über einen Anruf des Kaufmanns beim Oberlandesgericht. Der weder mit Aktenzeichen noch mit Unterschrift versehene Telefonmitschnitt, der laut Busse kaum verständlich war, war dennoch ans Justizministerium weitergeleitet worden. Zwar enthielt er die Aussage von Mertins, dass er an seiner Schadensersatzforderung von 400.000 Euro festhalte, aber keinerlei Hinweis auf einen geplanten Sprengstoffanschlag.

Der mit der Angelegenheit befasste Präsidialrichter Busse war von dem Fall sichtlich genervt. In einem Telefonat soll er Mertins einen Lügner und Verbrecher genannt haben. Nicht so aggressiv, aber ebenfalls genervt gab sich sein Stellvertreter, Richter Christian Heck. Er verspüre wenig Neigung sich mit dem konfusen Fall zu befassen, ließ er den Kaufmann wissen. Hierfür mag man sogar Verständnis haben, hatten sich doch bereits zwei Richter des Oberlandesgerichtes mit der Angelegenheit befasst.

Und dennoch hat jeder Bürger ein Anrecht auf angemessene Behandlung durch Behörden und Gerichte. Gerade von Christian Heck hätte Nachsicht erwartet werden können, war er Presseberichten zufolge doch als junger Mann im

Jahre 1979 Bundesvorsitzender des Thule-Seminars. Das Thule-Seminar gilt als Denk- und Kaderschule für Rechtsextreme und wird vom Verfassungsschutz beobachtet. Ihm werden Verbindungen zur NPD nachgesagt.

Man mag den Ausflug des stellvertretenden Vorsitzenden des 10. Zivilsenats beim OLG Celle in eine als rechtsextrem bewertete Kaderschule als jugendliche Irrung und Wirrung ansehen. Dem mit so viel Nachsicht Behandelten stünde es dann allerdings gut zu Gesicht, auch einem Bürger entsprechende Nachsicht entgegen zu bringen. Immerhin befand Mertins sich in einer extremen Ausnahmesituation und glaubte sich auf Grund von Gerichtsfehlern um seine Existenz gebracht.

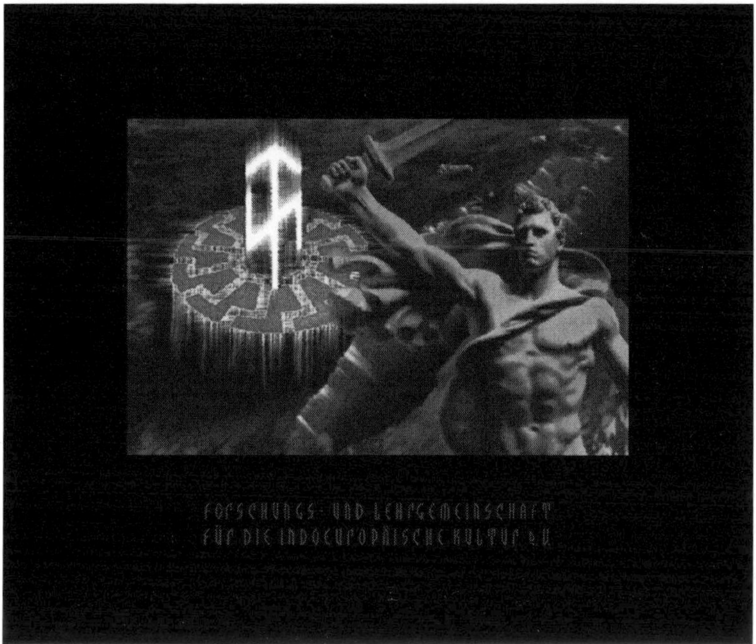

„FORSCHUNGS- UND LEHRGEMEINSCHAFT
FÜR DIE INDOEUROPÄISCHE KULTUR E.V.“:
Startseite des Internetauftritts vom THULE-SEMINAR
www.thule-seminar.org

Emblem der 1925 aufgelösten Thule-Gesellschaft

Zeichen des Thule-Seminars

Bildnachweise:
Internet, Wikipedia

... und ein schwerer Verkehrsunfall

Es fehlte nicht viel und auch die Journalistin Marianne Brückl, die sich im Jahre 2009 intensiv mit dem Justizfall Olaf Mertins beschäftigte, wäre ums Leben gekommen. Die Journalistin stellte umfängliche Nachforschungen an, wobei insbesondere der vormalige Büroleiter des niedersächsischen Justizministers Oberstaatsanwalt Bernard Südbeck im Fokus ihrer Recherchen stand. Dabei interessierte sich die Journalistin nicht nur für die Rolle, die der Oberstaatsanwalt im Fall Mertins gespielt hatte, sondern auch für die in Zusammenhang mit einer anonymen Anzeige gegen den Fleischfabrikanten Clemens Tönnies erhobenen Anschuldigungen gegen Südbeck. Dem Oberstaatsanwalt wurde vorgeworfen, an einer anonymen Anzeige gegen Tönnies mitgewirkt zu haben. Brückl beschuldigte Südbeck, dass er eine skrupellose Hetzkampagne gegen Mertins betreibe. Sie bezog sich dabei auf das Protokoll der Zeugenvernehmung des damaligen Büroleiters. Ihre Interpretation dürfte übertrieben sein. Tatsächlich hat Südbeck niemals behauptet, dass Mertins mit einem Bombenanschlag gedroht habe. Bei seiner Vernehmung durch die Polizei erwähnte er zwar die E-Mail des Präsidialrichters Busse und die dort benannten Verhaltensauffälligkeiten des Kaufmanns, von einem geplanten Bombenanschlag war hingegen nicht die Rede.

In einem Bericht in „Der Polaris“ erwähnte Brückl sogar Südbecks *„Schergen“*, die ihn bei seiner Hetzkampagne unterstützt hätten. Auch erging sie sich in Spekulationen über Machenschaften des CDU-Kreisverbandes Dörpen und des CDU-Stadtverbandes Cloppenburg. Welche Interessen die beiden Verbände gehabt haben sollten, Südbeck bei seiner angeblichen Hetzkampagne gegen den Kaufmann zu unterstützen, blieb offen. Mit ihren Behauptungen könnte die Journalistin womöglich weit übers Ziel hinausgeschossen haben, konkrete Beweise ist sie bis heute schuldig geblieben. Wie ich später noch schreiben werde, dürfte die Anschuldigung, dass Mertins damit gedroht haben soll, den Justizminister und sich selbst in die Luft zu sprengen, nicht von Südbeck und seinen angeblichen „Schergen“ beim Oberlandesgericht Celle in die Welt gesetzt worden sein, sondern von Mitarbeitern eines Sicherheitsdienstes.

Wenige Monate nach den Vorfällen im Justizministerium wurde der Büroleiter zum Leiter der Staatsanwaltschaft Aurich berufen. Südbeck sollte nicht die einzige Führungskraft des Landes Niedersachsen bleiben, die in den Justizfall Mertins involviert war und eine steile Karriere hinlegte. Seltsamerweise wurden fast alle in den Fall involvierten Führungskräfte befördert, so unter anderem die damalige Referatsleiterin Annette Wiegand-Schneider, der Polizeipräsident Uwe Binias und der spätere Landgerichtspräsident Ralph Guise-Rübe.

Als Leiter der Staatsanwaltschaft Aurich geriet Südbeck wegen des spektakulären Lena-Mordes in die Schlagzeilen. Das elfjährige Mädchen war in einer Parkgarage in Emden überfallen, sexuell missbraucht und getötet worden. Ins Visier der Ermittler unter Leitung der Staatsanwaltschaft Aurich geriet zunächst ein siebzehnjähriger Jugendlicher, dessen Identität vorschnell in die Öffentlichkeit gelangte. Die Ermittler, so auch die Staatsanwaltschaft, sollen ihre Verschwiegenheitspflicht verletzt haben. Als der Name des zu Unrecht verdächtigten Jugendlichen bekannt wurde, kam es zu einem Aufruhr in Emden. Es fehlte nicht viel und der Siebzehnjährige wäre Opfer einer Lynchjustiz eines aufgebrachten Mobs geworden. Tatsächlich stellte sich kurz darauf heraus, dass nicht der zunächst Verdächtigte, sondern ein polizeibekannter pädophiler Mann das Mädchen vergewaltigt und ermordet hatte. Mehr als peinlich war es für die Ermittlungsbehörden unter Leitung Südbecks, dass es einen

Durchsuchungsbeschluss für die Wohnung des pädophilen Täters gegeben hatte, der von den zuständigen Polizeibeamten vor Ort nicht ausgeführt worden war. Später wurden Arbeitsüberlastungen vorgeschoben. Wären die Ermittler ihren Pflichten nachgekommen, hätte der Mord an Lena vermutlich verhindert werden können. Der seinerzeit amtierende Innenminister Uwe Schünemann räumte vor der Presse schwerwiegende Versäumnisse bei den Ermittlungen ein.

Daneben befasste sich die Journalistin Marianne Brückl eingehend mit dem damaligen Oberstaatsanwalt bei der Generalstaatsanwaltschaft Celle, Dr. Jörg Fröhlich. Fröhlich wird sich im Verlaufe meiner Recherchen als eine Schlüsselfigur im Justizfall Mertins erweisen. Von ihm begehrte Brückl Auskunft, ob eine Anweisung der Landesregierung an die Generalstaatsanwaltschaft bestehe, Leben und Gesundheit des Kaufmanns in Gefahr zu bringen, um einen denkbaren finanziellen Schaden vom Land abzuwenden. Manipulierte Unterlagen hätten nach Meinung der Journalistin die Insolvenz des Kaufmanns begünstigt. Das Oberlandesgericht habe Zahlendreher und Irrtümer bei der Bewertung von Zahlungsströmen eingeräumt. Zudem äußerte sie den Verdacht, dass Geldwäsche eine Rolle gespielt haben dürfte. Schwerwiegende Vorwürfe, die weitestgehend auf Vermutungen basierten und nicht auf Fakten. Die Journalistin selbst kam nicht mehr dazu, die Recherchen zu Ende zu bringen, da sie kurz vor einer anstehenden mündlichen Gerichtsverhandlung in der Causa Mertins Opfer eines schweren Verkehrsunfalls wurde. Danach lag sie fast sechs Monate im Komma und hat die Recherchen nach ihrer Gesundung nicht mehr fortgeführt. Meine Bemühungen, mit der Journalistin ins Gespräch zu kommen, scheiterten. Ob dies damit zu tun hat, dass sie bedroht wurde oder noch wird, war nicht in Erfahrung zu bringen.

... und ein dritter Todesfall

Doch zurück zu Bernard Südbeck und den mit vielen Fragezeichen versehenen Fall der strafrechtlichen Ermittlungen gegen den früheren Schalke-Funktionär und Fleischfabrikanten Clemens Tönnies. Wie u. a. die ‚Süddeutsche Zeitung' berichtete, soll Südbeck bei einer anonymen Strafanzeige gegen den Fleischfabrikanten mitgewirkt haben, um den erfolgreichen Unternehmer zu Fall zu bringen. Südbeck bestritt die Vorwürfe, als Anonymus an der Strafanzeige gegen Tönnies beteiligt gewesen zu sein. Demgegenüber verwies die Süddeutsche auf einen der Zeitung vorliegenden Brief, der das Gegenteil belege.

Am Ende wurde der Sachverhalt nie in Gänze aufgeklärt, weil ein wichtiger Zeuge ganz plötzlich an den Folgen eines Herzinfarktes verstarb. Die Gerüchteküche kochte hoch, es gab Zweifel, ob der Zeuge tatsächlich Opfer eines natürlichen Todes war. Die Obduktion der Leiche ergab indes keine Hinweise auf Fremdverschulden. Oberstaatsanwalt Südbeck selbst wurde wenig später zum Behördenleiter der Staatsanwaltschaft Osnabrück befördert.

Plötzliche Todesfälle, Ermittlungspannen, ein Pädophiler, gegen den die Ermittlungsbehörden einen Durchsuchungsbeschluss verschlampten, anonyme Anzeigen. Die Parallelen zu den Geschehnissen im Justizfall Olaf Mertins mögen zufällig sein. Doch niemand kann letztendlich ausschließen, dass nicht nur Vater Zufall seine Hände im Spiel hat.

Chaos bei der Polizeidirektion Hannover

Nachdem bei der fragwürdigen Aktion der SEK-Einsatzkräfte im Treppenhaus des Ministeriums weder Waffen noch Sprengstoff bei dem Verdächtigen gefunden wurden, hätte die Polizeidirektion den Fall ad acta legen und gegenüber dem Beschuldigten ihr Bedauern erklären können, ja müssen. Dies umso mehr, als die beiden Hauptzeugen, der Büroleiter Bernard Südbeck und der Persönliche Referent des Justizministers, Igmar Krieger, bestätigt hatten, dass der Kaufmann niemals von einem Bombenattentat gesprochen hatte. Zudem ist der Einsatz des SEK nur unter ganz bestimmten, in einem Erlass des niedersächsischen Innenministeriums definierten Bedingungen zulässig. Keine dieser Voraussetzungen lag im vorliegenden Fall vor. Auch wenn die Polizeidirektion mit ihrer Aktion weit über das Ziel hinausgeschossen war, wäre zu diesem Zeitpunkt ein geordneter Rückzug noch möglich gewesen. Doch fehlte es augenscheinlich an der Bereitschaft. Das Gegenteil trat ein und Polizeibeamte und ein leitender Oberstaatsanwalt behaupteten noch Monate, sogar Jahre später, dass Mertins sehr wohl mit einem Bombenattentat gedroht habe. Wie konnte es dazu kommen? Und wer setzte die unzutreffende Anschuldigung in die Welt und weshalb? Nachfolgend möchte ich mich zusammen mit meinem Leser auf Spurensuche begeben.

Die ersten Spuren führten zum Sicherheitsdienst des Niedersächsischen Landtages. Kriminaloberkommissarin Weitemeier protokollierte in einem Bericht vom 12. Dezember 2008, dass der Sicherheitsdienst des Niedersächsischen Landtages sie über eine akute Bedrohungslage zum Nachteil des Niedersächsischen Justizministers Bernd Busemann unterrichtet habe. Laut Aussage des Sicherheitsdienstes, so die Kriminalbeamtin, wolle eine nicht näher bekannte Person in den Landtag kommen und sich aus Ärger über die Justiz in die Luft sprengen. Erste Ermittlungen hätten ergeben, so die

Beamtin, dass es sich bei der Person um Olaf Mertins handelt. Mertins bemühe sich seit einiger Zeit um ein Gespräch mit dem Justizminister wegen einer Schadensersatzforderung gegen das Land. Jetzt habe er mit einem Sprengstoffanschlag gedroht. Bis zum Ende der Plenarsitzung gegen 12.00 Uhr mittags sei es allerdings zu keinem Zwischenfall gekommen.

Somit dürfte feststehen, dass das Gerücht, wonach Mertins einen Bombenanschlag plante, von einem Mitarbeiter der Sicherheitsfirma des Landtages in die Welt gesetzt wurde. Es wurde sodann offenbar ungeprüft von der Polizeidirektion Hannover übernommen. Der Bericht der Kriminaloberkommissarin Weitemeier über den angeblich geplanten Bombenanschlag sollte jedoch nicht der einzige Bericht aus der hannoverschen Polizeibehörde an diesem Tag bleiben. Fast zeitgleich verfassten Kriminalkommissar Klemm und Polizeikommissar Jan Kahn Berichte über die Angelegenheit. Und last but not least ließ sich auch noch Kriminalhauptkommissar Michael Behrens in einem ausführlichen Bericht über die vermeintliche Gefahrenlage aus, hervorgerufen durch Mertins und die Geschehnisse im Justizministerium. Vier Berichte von vier Polizeibeamten ein und derselben Behörde über eine fiktive Gefahrenlage! Da mag es kaum verwundern, wenn die Polizeibehörden über Überlastung klagen.

Obwohl bereits in den frühen Nachmittagsstunden des 12. Dezember 2008 von Südbeck gegenüber der Polizeibehörde bestätigt wurde, dass es keine Bombendrohung gab, ordnete der stellvertretende Leiter des Zentralen Kriminaldienstes bei der Polizeidirektion Hannover, Kriminaldirektor Goßmann, eine Geräte- und Standortermittlung an. Mittels einer Dringlichkeitsanfrage beim Mobilfunkprovider Vodafone wurde eine Handyortung veranlasst, um den Aufenthaltsort des "Tatverdächtigen" festzustellen. Mertins hatte sich wiederholt um ein Gespräch im Justizministerium bemüht; er war weder auf der Flucht, noch verweigerte er sich einem Gespräch. Dennoch hielt der Kriminaldirektor eine Mobilfunkortung angesichts der aus Sicht der Polizeidirektion akuten Bedrohungslage für notwendig. Laut Ermittlungsbericht des Kriminalkommissars Kahn wurde die Handyortung um 14.40 Uhr wieder aufgehoben. Spätestens um 14.40 Uhr war Kriminaldirektor Goßmann laut Ermittlungsprotokoll des Beamten Kahn somit zu dem Ergebnis gekommen, dass die Ortungsmaßnahmen aufzuheben seien, da die Gefahrenlage nicht mehr gegeben sei.

Später wurde allerdings in den Polizeiberichten ein abweichender Zeitpunkt genannt, nämlich 14.10 Uhr. Dies war jedoch nur einer von etlichen Widersprüchen bei den polizeilichen Ermittlungen. Trotz der laut Polizeiberichten nicht mehr gegebenen Gefahrenlage erhielt Justizminister Bernd Busemann wegen der „Gefahr für Leib und Leben" noch bis in die späten Abendstunden Personenschutz. Sogar im beschaulichen Städtchen Dörpen im Emsland, wo der Minister seinen Hauptwohnsitz hat, wurde Personenschutz angeordnet. Was sollte der personal- und kostenintensive Polizeieinsatz in einem vom Landtag rund 230 Kilometer entfernten Ort, wenn doch der Aufenthaltsort von Mertins im Raum Hannover geortet worden war und der angeblich gefährdete Minister selbst sich in Hannover aufhielt? Etliche Polizeieinsatzkräfte der Polizeidirektion Osnabrück wurden abkommandiert, um noch über 20.00 Uhr hinaus das Wohnhaus des Ministers in Dörpen zu schützen. Eine ebenso überflüssige wie sinnlose Maßnahme!

Wollten die Führungskräfte der Polizeidirektion Hannover ihre Kollegen ärgern, indem sie an diesem ungemütlichen Dezemberabend einen Außeneinsatz veranlassten? Oder waren es Fehler der Einsatzleitung, die zu der überflüssigen

Aktion führten, war doch seit dem frühen Nachmittag durch die Handy-Ortung bekannt, dass Mertins sich im Raum Hannover aufhielt. Eine Bombe in Dörpen zu zünden, wäre ihm gar nicht möglich gewesen. Oder ging es den Verantwortlichen vorrangig darum, die Bedeutung des Ministers in dessen Wahlkreis durch Polizeimaßnahmen zu unterstreichen?

Am wahrscheinlichsten erscheint es mir, dass die Anweisung des Kriminaldirektors Goßmann, der bereits gegen 14.00 Uhr eine erhebliche Reduzierung der Gefahrenlage konstatierte, irgendwo in der Hierarchie der Behörde stecken blieb. Wie sonst ist es zu erklären, dass Kriminaloberkommissar Welge und Hauptkommissar Lochte vom Zentralen Kriminaldienst Hannover gegen 16.50 Uhr Mertins Eltern aufsuchten und sie einer eingehenden Befragung unterzogen. Die familiären Verhältnisse des Kaufmanns wurden hinterfragt, seine Beziehungen zu seinem Bruder und seiner Lebensgefährtin. Selbst die Frage, ob Mertins übermäßig Alkohol konsumierte, interessierte die Beamten. Auch nach Waffen wurde gefragt und nach psychischen Auffälligkeiten. Die Eltern erklärten, absolut sicher zu sein, dass ihr Sohn keinerlei Waffen besitze, kaum Alkohol trinke und psychisch keine Auffälligkeiten aufweise. Auch versicherten sie den Polizeibeamten, dass von ihrem Sohn keine Eigen- oder gar Fremdgefährdung ausgehe.

Eine Stunde zuvor hatten die Polizeikommissare Weidemann und Tiedemann auf Anweisung von Polizeioberkommissar Landsiedel die Wohnung von Mertins in Hannover aufgesucht, ihn dort aber nicht angetroffen. Dies alles passierte, nachdem Kriminaldirektor Goßmann die Handyortung aufgehoben hatte. Die Gefahrenlage lasse Ortungsmaßnahmen zur Ermittlung des Aufenthaltsortes von Mertins überflüssig erscheinen, hieß es in der polizeilichen Verfügung. Was für ein Durcheinander! Laut Bericht von Tiedemann wurde nur das Treppenhaus betreten und die Meldeanschrift von Mertins überprüft. Im Anschluss wurde das Gebäude noch für weitere vier Stunden observiert.

In dem Polizeibericht über die Gebäudeobservation, der dem Verwaltungsgericht Hannover im Zusammenhang mit Mertins Klage gegen die Polizeidirektion zugeleitet wurde, betonte die Polizeibedienstete Bockhorn, dass die Wohnung des Kaufmanns zu keinem Zeitpunkt betreten, geschweige denn durchsucht worden sei. Erhebliche Zweifel an dieser Feststellung sind angebracht. Laut einem Blog-Kommentar von *Hannelore*, die zweifelsohne Insider-Kenntnisse besitzt, hat die Polizei die Wohnung von Mertins sehr wohl betreten und sogar seine Laptops beschlagnahmt. Nachdem der Kaufmann feststellen musste, dass seit dem Nachmittag des 12. Dezember neben seinen Laptops u. a. auch zwei Rolex-Uhren verschwunden waren, hat die Polizei vehement bestritten, die Wohnung durchsucht und Gegenstände beschlagnahmt zu haben. Doch wie kann es dann sein, dass die Insiderin *Hannelore* über die Inhalte eines der beiden Laptops bestens informiert ist? In einem Kommentar lästerte sie über überhöhte Rechnungen des Kaufmanns. Diese hätten sich auf einem von der Polizei beschlagnahmten Laptop befunden.

Ein anderer Blog-Leser mit Insiderkenntnissen berichtet über Dirham-Geldscheine, die bei der Durchsuchung der Wohnräume entdeckt wurden. Weder die Laptops noch die Dirham-Scheine tauchen in den Polizeiberichten auf. Die seit dem 12. Dezember verschwundenen Laptops und andere Gegenstände wie eine Reisetasche, zwei Rolex-Armbanduhren, ein LCD-Fernseher und ein DVD-Player sind niemals wieder aufgetaucht. Wo sind sie geblieben? Hat womöglich der Vermieter Gegenstände an sich genommen, um bestehende Mietrückstände auszugleichen? Und hat er den Polizeibeamten Einlass in die Wohnung gewährt, obwohl der zwingend gebotene richterliche Beschluss nicht vorlag? Der Vermieter wurde mit seiner Mobilnummer sowie der Nummer seines Festnetzanschlusses ausdrücklich im Polizeibericht erwähnt.

Als ich den Vermieter anrief, um vorstehendes in Erfahrung zu bringen, erinnerte er sich auf Anhieb an die Angelegenheit. Erstaunlich nach neun Jahren! Auf meine Frage, ob er den Polizeibeamten Zugang zur Wohnung seines vormaligen Mieters gewährt habe, reagierte er brüsk. Er wolle weder mit Mertins noch mit mir etwas zu tun haben, beschied er mich. Auch wolle er nicht bedroht werden, schließlich habe er Kinder. Eine merkwürdige Reaktion. Von wem befürchtete der Vermieter bedroht zu werden? Was ist damals wirklich geschehen? Laut Polizeibericht wurde das Wohnhaus trotz der Abwesenheit von Mertins noch bis 19.20 Uhr observiert, also fast vier Stunden. Was bezweckten die Polizeibeamten mit ihrer Observation, war doch bereits fünf Stunden zuvor von Kriminaldirektor Goßmann eine erhebliche Reduzierung der Gefahrenlage konstatiert worden?

Und obwohl stets von der Polizeidirektion abgestritten, wurde offenkundig auch die geschiedene Frau von Mertins einer Vernehmung unterzogen. Dies geht aus einem Blog-Kommentar von *Hannes Pr.* vom 13.10.2016 hervor. *Hannes Pr.* zitiert aus den Polizeiakten Blatt 15, wonach die Ex-Frau bei ihrer Vernehmung durch die Polizei auf eine mögliche Suizidgefahr des Kaufmanns aufmerksam gemacht habe. Zugleich verweist *Hannes Pr.* auf ein Gesprächsprotokoll des Polizeihauptkommissars Michael Behrens. Der Beamte warnte in seinem Bericht vom 16.12.2008, Blatt 46, tatsächlich vor einer möglichen Suizidgefährdung. *Hannes Pr.* gibt nicht nur Interna aus den Polizeiakten preis, sondern empört sich ironischerweise über die Kollegen von der Polizei. Sie hätten Mertins doch einfach eine Dienstwaffe mit einer Kugel geben können, dann hätte sich das Problem erledigt, kommentiert er.

Ungeachtet der Hyperaktivität der Polizeidirektion Hannover - bis zu zwanzig Polizisten sollen am 12. Dezember 2008 im Einsatz gewesen sein - kam die Polizeibeamtin Bockhorn in ihrem Bericht über die Vorfälle zu dem Ergebnis, dass Tötungsabsichten des Kaufmanns zu jedem Zeitpunkt auszuschließen waren. Auch räumte die Beamtin ein, dass die in Bezug auf Mertins ergriffenen polizeilichen Maßnahmen teilweise unzureichend begründet gewesen seien. Nicht die fehlende Begründung dürfte das Problem gewesen sein, sondern die Tatsache, dass es für die nach 15 Uhr durchgeführten polizeilichen Maßnahmen in Hannover und Dörpen überhaupt keinen Anlass gab. Neben Bockhorn hatte nämlich auch Polizeioberkommissar Landsiedel protokolliert, dass die Gefahr eines Bombenanschlags nicht bestanden habe. Ähnlich äußerten sich die Kollegen vom Polizeilichen Staatsschutz des LKA Niedersachsen. Sie erklärten, dass in der Person Mertins *„keinerlei Gefährdungsaspekte gesehen wurden.“*

Wenn trotz der eindeutigen Faktenlage der Datenschutzbeauftragte der Polizeidirektion Klaus-Dieter Pfahl sieben Monate später in einem Bericht an seine Vorgesetzten schreibt, Mertins habe damit gedroht, sich und den Justizminister in die Luft zu sprengen, liegt eine falsche und zudem verleumderische Behauptung vor. Der Polizeidirektion war seit dem Nachmittag des 12. Dezember 2008 bekannt, dass Mertins niemals mit einem Bombenanschlag gedroht hatte. Hiervon zeugen die bereits erwähnten Polizeiberichte. Zudem hatten der Einsatz der vier SEK-Beamten, die Handyortung, die Befragung der Eltern und die Observation des

Wohnhauses von Mertins keine Verdachtsmomente ergeben. Der Vermerk von Pfahl wurde vom Polizeipräsidenten Uwe Binias dennoch zustimmend zur Kenntnis genommen.

Binias gilt als enger Gefolgsmann des früheren Innenministers Uwe Schünemann, soll aber auch zum amtierenden Innenminister Boris Pistorius einen guten Draht haben. Ein Mitarbeiter der Polizeidirektion schrieb mir, dass der inzwischen zum Landespolizeipräsidenten beförderte Binias seine Beamten angewiesen habe, ihm alle eingehenden Anfragen zum Fall Mertins vorzulegen. Bereits 2009 zeigte der damalige Polizeipräsident ungewöhnlich großes Interesse an dem Fall. So willigte er am 10. März und erneut am 7. August 2009 ein, dass - der laut Polizeipräsidium psychisch auffällige - Mertins aufgefordert werden sollte, von weiteren Eingaben abzusehen, und Anfragen von ihm unbearbeitet an die Staatsanwaltschaft weiterzureichen seien. Auch der Vorschlag des Datenschutzbeauftragten Klaus-Dieter Pfahl, die Akten außerhalb des Geschäftsgangs aufzubewahren, wurde von Binias genehmigt.

Die umfänglichen Ermittlungen der Polizeidirektion auf Grundlage eines leichtfertig in die Welt gesetzten falschen Gerüchts führten dazu, dass sich die Behauptung, Mertins sei ein Bombenattentäter, in der Folgezeit verselbständigte und noch acht Jahre später Morddrohungen und weitere Straftaten nach sich zog. Hier zeigt sich, wie verhängnisvoll sich Behördenfehler auf den einzelnen Bürger auswirken können.

Der später mit dem Justizfall befasste Vorsitzende Verwaltungsrichter Andreas Kleine-Tebbe erklärte fast sieben Jahre später, am 11. Juni 2015 *„die Tätigkeit der Polizeibehörden spielte für mich keine rechtlich relevante Rolle.“*

Damit erteilte er den Ermittlungsbehörden quasi einen Freifahrtschein.

Wenn Ermittlungsfehler für die Entscheidungen der Gerichte, die darüber zu befinden haben, keine Rolle spielen, sind der Behördenwillkür kaum noch Grenzen gesetzt.

Aktenmanipulationen und andere Vertuschungen

„Es wurden im Fall Mertins zwei Aktenzeichen geführt und wir mussten die Berichte über den Fall immer wieder umkopieren. Noch Tage und Wochen nach dem Polizeieinsatz am 12. Dezember 2008 mussten wir Änderungen an den Berichten vornehmen. Es gab Gerüchte, dass ein Richter einen Fehler gemacht haben soll, den wir jetzt korrigieren sollten. Vielen Kollegen wurde versprochen, dass man für die Arbeit belohnt werden würde. Nachdem dann Polizeipräsident Binias versetzt wurde, konnte sich niemand mehr an die Versprechen erinnern."

Der Auszug aus einem Schreiben eines Polizeibeamten an mich zeigt eindrucksvoll, dass ganz offensichtlich im Fall des vermeintlichen Bombenattentäters von Anfang an getrickst wurde. Auch *Petro*, ganz ohne Frage mit Insiderkenntnissen ausgestattet, räumt in einem Blog-Kommentar vom 17. Februar 2017 freimütig ein, dass die vorgenommenen Aktenmanipulationen in den Ministerien und Behörden bekannt seien.

Die Manipulationen sind mit den nachträglichen Änderungen von Polizeiberichten im Fall des Berliner Weihnachtsmarkt-Attentäters Anis Amri vergleichbar, wenn auch die Folgen im Fall Anis Amri mit zwölf Todesopfern und sechzig Verletzten ungleich dramatischer sind. In beiden Fällen wurden Vermerke von Polizeibeamten geschönt. Von Beamten des LKA Berlin, um von eigenen Versäumnissen abzulenken; im vorliegenden Fall, um übertriebene und richterlich nicht genehmigte polizeiliche Maßnahmen zu rechtfertigen und - wie der Polizist mir schrieb - einen Fehler eines Richters zu verschleiern. Wenn eine Polizeibehörde Akten manipuliert, um von behördlichen Fehlverhalten abzulenken und der betroffene Bürger noch acht Jahre nach den zu Grunde liegenden Vorfällen als Bombenattentäter beschimpft und mit Morddrohungen überzogen wird, kann das nicht hingenommen werden.

Mertins selbst wurde nach Bitte um Akteneinsicht eine Akte der Landesbeauftragten für den Datenschutz unter dem Aktenzeichen 1.4.3075-75-00/476 ausgehändigt. Diese Akte wurde auch dem Verwaltungsgericht Hannover übergeben, als das Gericht über die Rechtswidrigkeit der polizeilichen Ermittlungen zu befinden hatte.

Laut der Mitarbeiterin des Landesamtes für den Datenschutz sollte die Akte eine vollständige Kopie der Originalakte der Polizeidirektion sein. Dem war nicht so. Tatsächlich war die Akte unvollständig. So enthält sie auf Blatt 23 eine Mail des damaligen Mitarbeiters der Datenschutzbehörde Holger Volkmann an den Datenschutzbeauftragten der Polizeidirektion Hannover, Klaus-Dieter Pfahl. In dieser bestätigt der Vertreter der Datenschutzbehörde der Polizeidirektion Hannover, dass die polizeilichen Maßnahmen gegen Mertins datenschutzrechtlich nicht zu beanstanden seien. Hierbei nimmt er auf die Stellungnahme des Polizeibeamten Pfahl Bezug. Diese befindet sich jedoch nicht in der angeblich vollständigen Akte. Die Stellungnahme des Polizeibeamten Pfahl erhielt Mertins nach eigenem Bekunden erst über Umwege. In seiner Stellungnahme führte Pfahl aus, dass Mertins gedroht habe, sich selbst und Justizminister Bernd Busemann in die Luft zu sprengen. Der Polizeivermerk wurde am 19. Januar 2009 verfasst und vom damaligen Polizeipräsidenten und jetzigen Landespolizeipräsidenten Uwe Binias zustimmend abgezeichnet. Wie konnte er das tun, hatten doch seine Mitarbeiter, die Polizeibeamten Bockhorn und Landsiedel, bereits vier Wochen zuvor protokolliert, dass Mertins niemals Tötungsabsichten gehabt habe.

Und auch Staatsanwalt Streufert hatte protokolliert, dass eine Drohung mit konkretem Inhalt nicht erfolgt sei. Die Ermittlungen hätten vielmehr ergeben, dass niemals von einer Bombe oder einem Sprengstoffanschlag die Rede gewesen sei. Die entsprechenden Vermerke können in der Materialsammlung meines Internet-Blogs eingesehen werden.

Es drängt sich der Eindruck auf, dass die Polizeidirektion Hannover vorsätzlich falsche Berichte verfasste, um einen Bürger zu Unrecht als potentiellen Bombenattentäter hinzustellen? Die verantwortlichen Polizeipräsidenten blieben eine Antwort hierzu schuldig.

Auch der Hinweis meines Informanten aus dem Polizeiapparat, dass im Justizfall Mertins zwei Polizeiakten geführt wurden, sollte sich bewahrheiten. Zunächst wurde eine Akte unter dem Aktenzeichen 200801741559 angelegt. Auf dieses Aktenzeichen hatte Staatsanwalt Streufert in seinem Mertins entlastenden Vermerk Bezug genommen. Auch die ebenfalls entlastende Zeugenaussage von Bernard Südbeck war im Original mit diesem Aktenzeichen versehen. Die zweite und offensichtlich zeitgleich angelegte Ermittlungsakte der Polizeidirektion Hannover trägt hingegen das Aktenzeichen 2008017458210. In dieser Akte, die als Grundlage für die Entscheidungen der Verwaltungsgerichte diente, fehlen Vermerke aus der ursprünglich angelegten Akte. Doch noch im Jahre 2014 verschwieg die Polizeidirektion Mertins, dass es neben der „offiziellen“ Akte 200801745810 eine zweite Akte - 200801741559 - gab. Pfahls Nachfolger, der Datenschutzbeauftragte Polizeioberrat Reuter, teilte Mertins am 15. Mai 2014 die Vorgangsnummern mit, in denen Daten über ihn erfasst worden waren. Das Aktenzeichen 200801741559 nannte er nicht.

Überforderte der Aktenwirrwarr die Beamten zeitweise selbst? So war offenkundig unklar, welchen Tatvorwurf man Mertins überhaupt anlasten sollte. In der Verfügung der Staatsanwaltschaft Hannover vom 14.12.2008 bezüglich der Ermittlungen gegen den Beschuldigten Mertins ist vom Versuch der Erpressung die Rede, keineswegs aber von einem geplanten Bombenanschlag gegen den Justizminister. An anderer Stelle ist von Nötigung die Rede, nicht aber von einem angedrohten Sprengstoffanschlag. Hingegen wird in Polizeiberichten, die im Jahre 2009 verfasst wurden, ein angedrohter Bombenanschlag erwähnt.

Indes spricht vieles dafür, dass nicht Überforderung oder Nachlässigkeit den Ausschlag dafür gaben, dass eine doppelte Aktenführung erfolgte und dem Verwaltungsgericht gekürzte und für die Behörden vorteilhaftere Akten vorgelegt wurden. Dies legt insbesondere die Meldung nach dem Niedersächsischen Gesetz für die öffentliche Sicherheit und Ordnung (SOG) gemäß § 37a nahe. Das Gesetz schreibt für Maßnahmen der Telefonüberwachung eine Meldung an den Kontrollausschuss des Landtages vor. Während sich die erste Version der Meldung vom 16.12.2008 von Kriminaloberrat Fischer noch vergleichsweise harmlos liest und von einer Bedrohungslage für den Justizminister die Rede ist, wird in einer undatierten zweiten Meldung des Kriminaloberrats plötzlich von der Drohung Mertins gesprochen, sich selbst und den Justizminister in die Luft zu sprengen.

Eine noch heftigere Verschärfung erfolgte mit dem auf den 19.02.2009 datierten Bericht. Hierin wird dem Kontrollausschuss des Landtages weisgemacht, dass von einer echten Gefahr für Leib und Leben Dritter auf Grund eines angedrohten Bombenanschlags ausgegangen wurde. Dass die Polizeidirektion die Berichte nicht ohne Absicht veränderte, liegt nahe. Weshalb sonst wurde dem Verwaltungsgericht Hannover eine andere Version vorgelegt als dem Landtag? Die Polizeibehörde hatte offenbar genau überlegt, welche Version für welchen Zweck dienlich war. In dem Verfahren vor dem Verwaltungsgericht klagte Mertins auf Feststellung der Rechtswidrigkeit der polizeilichen Maßnahmen. Hierauf wird noch ausführlicher eingegangen werden.

Bemerkenswert ist auch, dass die Polizeidirektion unterschiedliche Angaben zum Umfang und Zeitpunkt der am 12.12.2008 durchgeführten Überwachungsmaßnahmen machte. Behauptete sie im ersten Bericht vom 16.12.2008 noch, dass die Durchführung der Telefonüberwachungsmaßnahmen zwecks Standortbestimmung von Mertins um 14.40 Uhr beendet war, wurde in anderen Berichten 14.10 Uhr als Ende der Maßnahmen angegeben.

Hieß es im ersten Bericht noch, dass die Ermittlungen zwecks Durchführung der Standortbestimmung um 14.40 Uhr abgebrochen wurden, weil sich der Sachverhalt inzwischen relativiert hätte, wurde dem Landtag unter Verwendung des veränderten Berichts mitgeteilt, dass die Maßnahmen wegen der Reduzierung der Gefahrenlage abgebrochen wurden.

In der schärfsten Version wurde sogar von einer Fahndung nach Mertins gesprochen und festgestellt, dass gegen Mertins ein Strafverfahren eingeleitet worden sei. Dass jemand bei der Polizeidirektion es darauf abgesehen hatte, Mertins als gefährliche Person hinzustellen, liegt auf der Hand. Doch wer war das und warum? Ging es um Gefälligkeiten innerhalb der Führungsriege der Polizei- und Justizbehörden? Tatsächlich war der Polizeibehörde am 19.02.2009 längst bekannt, dass Mertins keinesfalls mit einem Bombenanschlag gedroht hatte. Dies ergab sich auch aus den Berichten von Polizeioberkommissar Landsiedel über die Zeugenaussagen der bereits erwähnten Herren Südbeck und Krieger.

Aus all dem ergibt sich, dass der Kontrollausschuss des Landtages, das Verwaltungsgericht Hannover und in der zweiten Instanz das Oberverwaltungsgericht Lüneburg somit vorsätzlich getäuscht wurden, um Mertins Rechtsposition zu schwächen.

Warum das Ganze? Ging es tatsächlich nur darum, den Fehler eines Richters auszubügeln und eventuelle Schadensersatzansprüche von Mertins gegen das Land Niedersachsen zu erschweren? Oder wollte man den oder die Kollegen vom Sicherheitsdienst des Niedersächsischen Landtages, die offenkundig eine Falschmeldung in Umlauf gesetzt hatten, nicht im Regen stehen lassen? Nicht auszuschließen ist auch, dass einzelne Beamte sich wichtigmachen wollten, indem sie eine Gefahr heraufbeschworen, die letztlich nur eine Fata Morgana war. Dies könnte auch erklären, weshalb die Polizeibeamten weit über ihre Befugnisse hinaus agierten. Selbst die von der Polizei zugegebene Telefonüberwachung erfolgte ohne richterlichen Beschluss. Das Verwaltungsgericht Hannover und das Oberverwaltungsgericht Lüneburg haben zwischenzeitlich festgestellt, dass sie rechtswidrig war.

Nach den vorliegenden Blog-Kommentaren von Insidern muss zudem davon ausgegangen werden, dass Mertins' Wohnung entgegen der polizeilichen Aussagen durchsucht wurde. Die Durchsuchung einer Wohnung stellt einen schwerwiegenden Eingriff in das Grundrecht auf Unverletzlichkeit der Wohnung nach Artikel 13 des Grundgesetzes dar. Durchsuchungen müssen zwingend von einem Richter angeordnet werden. Dies geschieht im Allgemeinen nur bei schweren Straftaten, keinesfalls aber bei ungeprüften Verdachtsmomenten auf Grund einer Aussage eines Mitarbeiters eines Sicherheitsdienstes. Dass ein Richter sich auf Grund eines fragwürdigen Verdachts bereit erklärt hätte, einen entsprechenden Beschluss auszustellen, ist fernliegend. Von der Polizeidirektion wurde daher stets erklärt, dass man nur den Hausflur betreten habe, niemals jedoch die Wohnung von Mertins. Diese Einlassungen sind, wie bereits erläutert, wenig glaubwürdig. Auch die stets bestrittene Zeugenvernahme der geschiedenen Frau, die dem vermeintlichen Täter nach der allgemeinen Lebenserfahrung alles andere als positiv gesonnen sein dürfte, gibt Anlass zu Zweifeln an der Neutralität der Polizeibehörde.

Anders als im Fall des Attentäters Anis Amri gibt es im vorliegenden Fall keine Todesopfer und physisch Verletzte. Doch kaum jemand wird ernsthaft in Abrede stellen, dass jahrelang anhaltende Drohungen gegen einen unschuldigen Bürger und sein kleines Kind zerstörerische Kräfte auf die Lebensqualität entfalten. Ständig mit der Gefahr vor Augen zu leben, dass man eliminiert werden soll und das eigene Kind als *„minderwertige Brut“* und *„Abschaum“* zerstückelt oder *„einem Pädophilenring ausgeliefert“* werden soll, stellt eine massive Lebensbeeinträchtigung dar.

Das Justizopfer Mertens hat versucht, sich dagegen zu wehren, doch damit wurde alles noch viel schlimmer!

In den Mühlen der Justiz

Mertins folgte dem Rat des Landtagsabgeordneten Ralf Briese und erhob Klage vor dem Verwaltungsgericht Hannover. Er begehrte Feststellung, dass die von der Polizeidirektion Hannover gegen ihn eingeleiteten Maßnahmen rechtswidrig waren. Auch wollte er eine öffentliche Richtigstellung, dass er niemals mit einem Bombenanschlag auf den Niedersächsischen Justizminister gedroht habe.

Die 10. Kammer beim Verwaltungsgericht bestätigte mit Urteil 10 A 732/11 unter Vorsitz des Richters Werner Reccius, dass die Telefonüberwachung durch die Polizeidirektion ohne richterlichen Beschluss rechtswidrig war. Die Vernehmung der Eltern von Mertins und die Durchsuchung des Hauses seien hingegen rechtlich nicht zu beanstanden, urteilte die Kammer. Schließlich hätten die Polizeibeamten lediglich das Treppenhaus und gemeinschaftlich genutzte Nebenräume betreten, nicht aber die Wohnung des Kaufmanns. Diese genieße, so der Richter, als letztes Refugium zur Wahrung der Menschenwürde einen besonderen Schutz, sei aber nicht betreten worden. Der Richter berief sich auf den Bericht der Polizeidirektion Hannover an das Verwaltungsgericht, in dem erklärt wurde, dass die Beamten lediglich das Treppenhaus und keinesfalls Mertins Wohnung aufgesucht hätten. Dass hieran erhebliche Zweifel bestehen, da Leser meines Blogs Jahre später über Gegenstände berichteten, die die Polizei in der Wohnung des Kaufmanns entdeckt und beschlagnahmt habe, wurde bereits dargelegt.

Mit Beschluss vom 12. März 2014 (11 LA 245/13) bestätigte der 11. Senat beim Oberverwaltungsgericht Lüneburg unter Vorsitz von Richter Dieter Muhsmann das Urteil der Vorinstanz und lehnte den Antrag des Kaufmanns auf Prozesskostenhilfe ab. Der Richter hatte im Sommer 2013 mit dem „Bellen Tabu"-Urteil auf sich aufmerksam gemacht, als er entschied, dass Hundegebell an Feiertagen und am Wochenende abzustellen sei. Das Gebell sei geeignet das Wohlbefinden von Menschen zu beeinträchtigen, befand der Richter. Im Fall Mertins erwies er sich als weniger feinfühlig.

Auch Richter Muhsmann hob hervor, dass das Betreten des Treppenhauses durch die Polizei im Gegensatz zu einer Wohnungsdurchsuchung nur oberflächlich sei. Die Schutzbedürftigkeit sei daher wesentlich geringer. Ich schrieb Richter Muhsmann im Januar 2017 an und wies ihn auf Widersprüche und Ungereimtheiten der polizeilichen Aussagen hin. So sei Mertins Wohnung offensichtlich sehr wohl von Polizeibeamten betreten worden. Dadurch würde sich der der Klage zugrunde liegende Sachverhalt gravierend verändern. Eine Antwort von Muhsmann, im Kreise seiner Mitarbeiter auch *„Mummelmann"* genannt, erfolgte nicht.

Ein Kommentator meines Blogs, der ebenfalls die *„Ausschaltung"* Mertins' forderte, nahm jedoch Bezug auf mein Schreiben an den Senatsvorsitzenden und schrieb, dass der Richter meine Anfrage nicht ernst genommen habe, weil ich keine Beweisstücke beigefügt hätte. Dass er, der zugleich Mertins' *„Ausschaltung"* forderte, in Verbindung zum Gericht stehen muss, liegt auf der Hand.

Dass der Senatsvorsitzende auf mein Schreiben nicht antwortete, irritierte mich. Zumindest auf meine Frage, ob der Richter es für vertretbar hält, wenn ein Bürger monatelang mit Morddrohungen schikaniert wird, hätte ich eine Antwort erwartet. Doch auch die blieb aus. Dabei hatte Richter Muhsmann - wie zuvor Richter Reccius - in seinem Beschluss nachdrücklich betont, dass der angebliche Bombenanschlag auf einer Falschmeldung beruhte.

Wie ich von dritter Seite erfuhr, wurde die Polizeidirektion Hannover in den Verfahren von Rechtsanwalt Dr. Norbert Joachim aus der renommierten Anwaltskanzlei „Brinkmann.Weinkauf" aus Hannover beraten. Der Anwalt, als Experte für Erbrecht über Niedersachsen hinaus bekannt, vertritt mich seit dem Ableben meines Mannes vor vier Jahren in Erbstreitigkeiten und hat sich als kompetenter und seriöser Berater erwiesen. Im Fall Mertins waren wir allerdings unterschiedlicher Meinung.

Nachdem Mertins' Klage gegen die Polizeidirektion in beiden Instanzen gescheitert war, wurden in der Folgezeit sämtliche Anträge des inzwischen mittellosen Kaufmanns auf Prozesskostenhilfe von den Verwaltungsgerichten abgewiesen. Eine Schlüsselrolle dabei ist dem Nachfolger von Richter Reccius, dem Vorsitzenden Richter am Verwaltungsgericht Hannover Andreas Kleine-Tebbe zuzuschreiben, der an zehn der abschlägigen Entscheidungen mitwirkte. Der Vorsitzende Richter gilt als zuvorkommend und engagiert sich in Fragen des Denkmalschutzes. Der Fall Mertins hingegen schien ihm lästig zu sein. Im September 2016, kurz nachdem ich die Berichterstattung in meinem Blog forciert hatte, erklärte er einen Prozesskostenantrag von Mertins sogar für *„mutwillig"* und dies in Kenntnis der Todesdrohungen, die die Tätergruppe der ‚Kameraden' gegen Mertins ungeniert von sich gab.

Kurz zuvor war der Vorsitzende Richter Kleine-Tebbe in der Öffentlichkeit als unbeugsamer Richter gefeiert worden. Er hatte ein Urteil gegen ein Islamisten-Pärchen erwirkt. Die Einlassungen des Richters *„wir lassen uns nicht für dumm verkaufen"* fanden insbesondere den Beifall der ‚Bild'-Zeitung. Doch nicht nur die ‚Bild'-Zeitung würdigte den Richter, auch die Tätergruppe der ‚Kameraden', die Mertins und sein fünfjähriges Kind töten wollten, waren voll des Lobes über den *„arischen Richter"*. Dieser habe die Rechtsgrundlage geschaffen, um die Fortpflanzungsgemeinschaft von Mertins zu eliminieren, schrieb *Sarah*. Zugleich erwähnte sie, dass die Geschäftsstelle, wobei ganz offensichtlich die des Verwaltungsgerichtes gemeint war, es bedauerlicherweise versäumt habe, die Adresse von Mertins zu aktualisieren. Dies werde aber schnellstens nachgeholt und die Adresse im Hashtag „#bestievonbemerode“ eingestellt.

Die ‚Kameraden', die Mertins eliminieren wollten, hatten sich inzwischen zu einer Gruppe im sozialen Netzwerk zusammengeschlossen. Richter Kleine-Tebbe, in den Kommentaren auch „*Klein-Hobbit*“ genannt, wird von Mitgliedern der Gruppe wiederholt mit rassistischen Begriffen wie die Anwendung einer „*intensiven Rassehygiene*“ und „*Rassestandards*“ in Verbindung gebracht. Mertins entspreche nicht den Rassestandards und es sei das Verdienst des Richters, dass er die Rechtsgrundlage für eine „*ethnische Säuberung*“ und Eliminierung von Mertins geschaffen habe, schrieben sie. Zudem behaupteten sie, dass die Richter Kleine-Tebbe und Muhsmann Mertins langfristig schweigen sehen wollen. Der Kommentator *Nobbi*, der zugleich aus den Gerichtsakten des Verwaltungsgerichts Hannover zitiert, tat kund, dass Richter Kleine-Tebbe dem Kaufmann nahegelegt habe, er solle „*die Fresse halten*“ und „*wie ein Schwein sterben*“. Auch wenn dies fernliegend sein dürfte, wäre eine Richtigstellung des Richters wünschenswert gewesen, um den Kommentaren die Basis zu entziehen. Da dies nicht geschah, wurden die Tötungsabsichten immer wieder mit der angeblichen Zustimmung des Richters begründet.

Die wiederholt vorgebrachten Behauptungen, die Richter Kleine-Tebbe und Muhsmann hätten verdienstvoll für die Anwendung von Rassestandards in der niedersächsischen Justiz gesorgt, veranlassten mich, das Verwaltungsgericht Hannover um eine Stellungnahme zu bitten. Zugleich stellte ich die Frage, ob das Gericht eine Erklärung für die aus meiner Sicht abwegigen Behauptungen habe, dass Richter Kleine-Tebbe die Morddrohungen der ‚Kameraden' billige. Die Präsidentin des Verwaltungsgerichts Hannelore Kaiser, der wie dem Richter Kleine-Tebbe freundschaftliche Beziehungen zur amtierenden Justizministerin Antje Niewisch-Lennartz nachgesagt werden, schrieb in ihrer Antwort, dass der Richter die Behauptungen zur Anwendung von Rassestandards entschieden zurückweise. Sie verband ihren Hinweis mit der Androhung einer Klage, falls ich in meinem Sachbuch das Verwaltungsgericht Hannover mit nationalistischem Gedankengut in Verbindung bringen würde.

Bemerkenswerterweise unterblieb eine Distanzierung von den Morddrohungen. Auch Tonfall und Diktion der Antwort waren befremdlich, hatte ich in meiner Anfrage doch ausdrücklich betont, dass ich das Urteil von Richter Reccius für ausgewogen und sachgerecht hielt. Die zugrunde liegenden Fakten waren nach meinen Recherchen allerdings falsch.

Was den Richter selbst betrifft, wurde er von den ‚Kameraden' weiterhin als Gallionsfigur im Kampf gegen Mertins gefeiert. Auffällig dabei war, dass er von denselben Personen immer wieder mit internen Meinungsäußerungen zitiert wurde. So soll er im kleinen Kreis geäußert haben, dass der Quatsch, den ich in meinem Blog schreibe, kompletter Blödsinn sei. Auch wird er mit den Worten zitiert, dass ich nur eine zweitklassige Romanautorin sei. Dafür, dass dieser Satz tatsächlich so geäußert worden sein dürfte, spricht sein Urteil in der Klage von Mertins gegen die Staatsanwaltschaft Hannover. Auf dies wird im Kapitel über die Staatsanwaltschaft noch einzugehen sein. Der Richter hatte auch hier ‚festgestellt', dass ich *„nur Romane"* und *„nur zum Vergnügen"* schreiben würde und auf meine Internetseite Bezug genommen. Dass mein erstes und erfolgreichstes Buch „Treu & Glauben – hinter den Kulissen eines Wirtschaftsskandals" ein Sachbuch war, ließ er unter den Tisch fallen. Damit wurde die Voraussetzung geschaffen, den von Mertins gerichtlich belangten Leitenden Oberstaatsanwalt Dr. Fröhlich zu entlasten. Wie im nachfolgenden Kapitel näher beschrieben wird, hatte Fröhlich noch 2014 in seinem Gespräch mit mir behauptet, dass Mertins sehr wohl mit einem Bombenanschlag gedroht habe.

In einigen Kommentaren wird der Richter zudem mit pädophilen Neigungen in Verbindung gebracht. „*Kleine-Hobbit*“ sei im Darknet[1] für Pädophile unterwegs und würde „*seine Kreditkarte zum Glühen bringen*“. Ob die Anschuldigungen zutreffen, ist zweifelhaft. Beweise wurden nicht angetreten, es kann sich also um böswillige Verleumdungen handeln. Eine der Schlüsselfiguren der ‚Kameraden'-Gruppe, die unter dem Namen *Bernd Herstedt* auftritt und sich bester Kontakte zu Polizeibehörden und Gerichten rühmt, stellte die provokante Frage, ob nicht in jedem Richter ein kleiner Edathy stecke.

Eine tragende Rolle bei den Vorfällen im Dezember 2008 und Anfang 2009 spielte auch der Präsident des Landgerichts Hannover, Dr. Ralph Guise-Rübe, von Mitarbeitern auch mit dem despektierlichen Spitznamen „*Guidos Rübe*“ bedacht. Der Richter wird in Justizkreisen wegen seiner zupackenden Art geschätzt. Er habe die zentrale Leitstelle für den Einsatz am 12. Dezember 2008 koordiniert und das SEK mit Informationen versorgt, behauptete die bestens informierte *Hannelore* in meinem Blog. Auch habe der Richter Mertins mal so richtig „*in den Arsch getreten*“ und dafür Sorge getragen, dass er wegen Nötigung angeklagt wurde, gab sie bekannt.

[1] Darknet: Besonders gegen Zugriffe von außen gesicherter Bereich des Internets, in dem illegale Inhalte, Angebote o. ä. verbreitet werden und in dem man sich fast völlig anonym bewegen kann.

Hannelore, eine Insiderin der Justiz- und Polizeiszene, die gerne aus dem Nähkästchen plaudert, erwies sich als geradezu glühende Verehrerin des Gerichtspräsidenten. Immer wieder lobte sie seine enormen Verdienste im Fall Mertins. Nachdem ein Blog-Leser daran erinnerte, dass gegen den Gerichtspräsidenten wegen des Verdachts ermittelt wurde, Erotikseiten auf seinem Dienstcomputer aufgerufen zu haben, entrüstete sie sich. Der Richter habe es nicht nötig, auf Erotikseiten zu surfen. Eine bemerkenswerte Feststellung, die darauf hinweisen könnte, dass sie im Umfeld des Gerichtspräsidenten tätig war oder ist. Was die Vorwürfe wegen der Erotikseiten betrifft, wurden diese übrigens im Verlaufe der Ermittlungen gegen den Gerichtspräsidenten entkräftet.

Bei der Bewertung der Urteile und Beschlüsse der niedersächsischen Gerichte fällt auf, dass die Ablehnung von Mertins Anträgen auf Prozesskostenhilfe in den Kommentaren zu meinem Blog bereits Tage, teilweise sogar Wochen vor den Bescheiden an den Antragsteller selbst bekannt gegeben wurden. Ein mehr als starkes Indiz dafür, dass es Netzwerke zwischen den ‚Kameraden', die behaupten Mertins töten zu wollen, und Mitarbeitern von Behörden und Gerichten gibt.

Auffällig ist auch, dass die drei in den Fall involvierten Richter Kleine-Tebbe, Muhsmann und Heck an der juristischen Fakultät Göttingen als Studenten immatrikuliert waren. Christian Heck war bekanntlich zu dieser Zeit im Thule-Seminar engagiert, der Ideenschmiede für rechtsextremes Gedankengut. Ob die Richter sich aus dieser Zeit kennen, war nicht in Erfahrung zu bringen.

Staatsanwaltschaft Hannover: Sexskandale und Strafvereitelung

Die Staatsanwaltschaft Hannover katapultierte sich Ende 2011/Anfang 2012 im Zusammenhang mit den Ermittlungen gegen den Bundespräsidenten Christian Wulff wochenlang in die Schlagzeilen der bundesdeutschen Nachrichtenblätter.

Der Bundespräsident und frühere niedersächsische Ministerpräsident hatte sich nach Dafürhalten der Staatsanwälte aus Hannover der Vorteilsnahme und Bestechlichkeit schuldig gemacht. Eine zwanzigköpfige Ermittlungsgruppe war mit den Ermittlungen gegen Wulff befasst. Es wurden körbeweise Unterlagen beschlagnahmt, um Beweisstücke sicherzustellen. Am Ende der Ermittlungen, deren Aufwand mit rund einer Million Euro zu Buche schlug, blieb ein Betrag von 400 Euro, dessentwegen es zur Anklage wegen vermuteter Bestechlichkeit kam. Das Landgericht Hannover wollte den Ausführungen der Staatsanwaltschaft nicht folgen und stellte das Verfahren ein, dennoch hatte der Bundespräsident sein Amt verloren. Allerdings dürften hierbei auch andere Gründe eine Rolle gespielt haben, so der legendäre Telefonmitschnitt seines Anrufs beim vormaligen Chefredakteur der ‚Bild'-Zeitung Diekmann. Auch hat Wulff selbst später Kommunikationsfehler eingeräumt. Dennoch blieb am Ende das ungute Gefühl zurück, dass die Staatsanwaltschaft Hannover weit über das Ziel hinaus geschossen war.

Eine unglückliche Figur gab die Staatsanwaltschaft Hannover auch bei den Ermittlungen aus dem Jahre 2014 gegen den früheren Bundestagsabgeordneten der SPD, Sebastian Edathy, ab. Dem Politiker wurde der Besitz von kinderpornographischen Filmen vorgeworfen. Die Staatsanwaltschaft soll allzu zögerlich ermittelt haben. Der verantwortliche Leitende Oberstaatsanwalt Dr. Jörg Fröhlich schob seinem Dienstvorgesetzten, dem Celler Generalstaatsanwalt Dr. Frank Lüttig, die Schuld dafür zu. Lüttig habe mangelndes

Engagement in der Sache an den Tag gelegt, behauptete er. Auch Fröhlich selbst geriet unter Beschuss, weil er die gebotene Neutralität gegenüber dem Beschuldigten aufgegeben und diesen vorschnell vor der Presse beschuldigt haben soll.

Und noch eine Affäre belastete die Ermittlungsbehörden der Landeshauptstadt. Dem Präsidenten des Landgerichts Hannover Dr. Ralph Guise-Rübe war - wie bereits erwähnt - vorgeworfen worden, auf seinem Dienstcomputer Sexseiten aufgerufen und Escort-Damen bestellt zu haben. Die Ermittlungen verliefen jedoch im Sande. Gerichtsfeste Beweise für die Behauptungen des Landtagsabgeordneten Jens Nacke von der CDU-Fraktion, der sich auf einen glaubwürdigen Zeugen berief, wurden augenscheinlich nicht erbracht. Auf den Vorwurf gegen Guise-Rübe, er habe als Referatsleiter im Justizministerium mit seinem Dienstcomputer auf eine Internet-Erotikseite zugegriffen, hieß es jedoch in der seinerzeitigen Antwort der Landesregierung auf die CDU-Anfragen, es sei tatsächlich während einer Routineüberprüfung des Dienstcomputers ein *„Zugriff"* bemerkt worden, und es habe deswegen ein Gespräch Guise-Rübes mit IT-Verantwortlichen gegeben.

Was Sexvorwürfe betrifft, war die Staatsanwaltschaft Hannover aus eigener Erfahrung leidgeprüft. Einer ihrer führenden Staatsanwälte, der Oberstaatsanwalt Uwe Görlich, soll weit über das berufliche Maß hinaus enge Kontakte zur Bordellbetreiberin Silke F. gepflegt und dafür gesorgt haben, dass ihr während ihrer Haft in der Vollzugsanstalt Vechta Vergünstigungen gewährt wurden. Nur dadurch sei es ihr möglich gewesen, ihr Bordell aus der Haftanstalt heraus weiter zu betreiben. Auch wenn die Ermittlungen gegen Görlich eingestellt wurden, blieb auch hier ein schaler Nachgeschmack zurück. Der Oberstaatsanwalt aus Hannover wurde weder strafrechtlich noch disziplinarisch belangt, wie der ,Weser-Kurier' in einem Dossier über den Fall am 13. Mai 2010 berichtete. Er wurde lediglich innerhalb der Behörde versetzt. Der Staatsanwaltschaft selbst wurde vorgeworfen, die Ermittlungen gegen ihren Mitarbeiter verschleppt zu haben. Verdachtsmomente gegen Görlich sollen laut ,Weser-Kurier' solange gedreht und verschleppt worden sein, bis am Ende eine Anklage nicht mehr möglich war.

Nachdem ich den Artikel „Staatsanwaltschaft Hannover - ein Aktengrab" in meinem Internet-Blog eingestellt hatte, erhielt ich einen Anruf. Die Nummer war unterdrückt. Eine weibliche Stimme sprach von Informationen über einen Staatsanwalt, der in einem Edelbordell verkehre. Als ich Näheres wissen wollte, blockte sie ab. Sie wollte Geld. Wieviel ließ sie offen, ich sollte einen Vorschlag machen. Ich aber wiegelte ab und das Gespräch wurde abrupt von der Frau beendet. Ich wollte mich da auf nichts einlassen, auch wenn meine eigenen Erfahrungen mit der Staatsanwaltschaft Hannover nicht die besten waren.

Hierüber habe ich in meinem Buch „Treu & Glauben – hinter den Kulissen eines Wirtschaftsskandals" berichtet. Es ging um das Verkabelungsunternehmen Gundlach & Sülter, das sich Geld auf dem grauen Kapitalmarkt beschafft hatte. Wenige Monate nachdem ich dort in den Vorstand berufen worden war, war das Unternehmen zahlungsunfähig geworden. Über das Buch gab es Rezensionen in der ,Frankfurter Allgemeinen Zeitung', der ,Zeit', der ,Hannoverschen Allgemeinen Zeitung' und auch der ,Bild'-Zeitung - was offenbar bei der Staatsanwaltschaft Hannover nicht gut ankam.

Als ich einige Jahre nach Erscheinen des Buchs Strafanzeige gegen den in den Wirtschaftsskandal involvierten Konkursverwalter Reinhard Mühl stellte, der vom Amtsgericht als

Insolvenzverwalter des zahlungsunfähigen Verkabelungsunternehmen bestellt worden war, wurde diese abgewiesen. Es bestehe kein Grund für Ermittlungen, teilte man mir lapidar mit. Von wegen!

Mein Verdacht gegen Reinhard Mühl - durch Indizien, die der Staatsanwaltschaft vorgelegt wurden, untermauert - bestätigte sich auf dramatische Weise. Der Konkursverwalter, der bestens in Kreisen der niedersächsischen Politik und Justiz vernetzt war, hatte Millionenbeträge veruntreut. Als das Amtsgericht Hannover Haftbefehl gegen Mühl erwirkte, war von 60 Millionen DM verschwundenem Geld die Rede. Nach einer mir vorliegenden Aufstellung waren es genau 63.781.833,96 Mio. DM, die der Konkursverwalter veruntreut hatte. Einige Betriebsräte und Handwerker, die sich um Insolvenzgelder betrogen sahen, wollten mich damals für eine Sammelklage gegen das Land Niedersachsen wegen Amtshaftung gewinnen. Hierzu war ich nicht bereit, da ich mich als Referatsleiterin der Staatskanzlei zur Loyalität gegenüber meinem Arbeitgeber verpflichtet fühlte. Das Damoklesschwert einer Klage wegen Amtshaftung ist dem Land Niedersachsen dann auch erspart geblieben. Sie hätte das Land möglicherweise etliche Millionen gekostet.

Auch eine Strafanzeige gegen den Anwalt und Stiefvater eines der Miterben meines verstorbenen Mannes, den inzwischen verstorbenen Siegfried Reszat aus Hannover, war von der Staatsanwaltschaft vom Tisch gewischt worden. Reszat hatte mich mit Verleumdungen überzogen und sogar mit Zwangshaftanordnung mehrfach gedroht. Auch stellte er die abwegigsten Betrugsvorwürfe auf. Sogar ein Notariatsvertrag sollte laut dem Anwalt auf einer Fälschung von mir beruhen. Die Staatsanwaltschaft hielt jedoch die Behauptungen und Verleumdungen für rechtlich unbedenklich und weigerte sich, Ermittlungen gegen den Anwalt und seinen Mandanten wegen Verleumdung und übler Nachrede aufzunehmen.

Auf weitere Ungereimtheiten bei der Staatsanwaltschaft Hannover war ich im Zusammenhang mit meinem Blog über Justizfälle gestoßen. In mehreren von mir dokumentierten Fällen waren auf unerklärliche Weise Akten verschwunden. In einem Fall drückte die Behörde immerhin ihr Bedauern aus, dennoch ließen die Vorfälle erhebliche Zweifel an ihrer Aktenführung aufkommen. Ungeachtet meiner Skepsis gegenüber der Staatsanwaltschaft Hannover schrieb ich sie am 22. Juni 2014 an und stellte Fragen zu drei Justizfällen, über die ich in einem geplanten Sachbuch berichten wollte. Darunter auch der Justizfall Olaf Mertins.

Weshalb die Staatsanwaltschaft 2009 überhaupt ein Ermittlungsverfahren gegen Mertins eingeleitet hatte, obwohl doch Staatsanwalt Streufert bereits im Dezember 2008 verfügt hatte, dass Mertins Verhalten strafrechtlich nicht zu beanstanden sei, wollte ich wissen. Soweit zeitweise von einer Bombe oder Sprengstoff die Rede gewesen sei, beruhe dies auf einem Irrtum, hatte Streufert festgestellt.

Auch hatte der Kaufmann mir berichtet, dass die niedersächsischen Behörden ihn noch nicht einmal über die Einleitung des Ermittlungsverfahrens gegen ihn informiert hätten. Erst nachdem das Verfahren im Februar 2009 eingestellt worden war, sei ihm mitgeteilt worden, dass gegen ihn wegen eines geplanten Bombenanschlags Ermittlungen stattgefunden hatten.

Fünf Wochen nach meiner Anfrage lud mich der Pressesprecher der Behörde, Oberstaatsanwalt Thomas Klinge, im Namen des Behördenleiters Dr. Jörg Fröhlich zu einem Gespräch in die Staatsanwaltschaft ein. Das Gespräch fand am 24. September 2014 im Büro des Leitenden Oberstaatsanwalts statt. Klinge, der zuvor für die strafrechtliche Verfolgung kinderpornografischer Schriften verantwortlich gewesen war, war für einen Pressesprecher ungewöhnlich schweigsam. Während des gesamten Gesprächs gab er kein einziges Wort von sich, wohingegen sein Vorgesetzter sich kommunikativ und zuvorkommend gab.

Als ich auf den Fall Mertins zu sprechen kam, änderte sich das allerdings. Meiner Feststellung, dass Mertins unschuldig sei, widersprach er heftig. Mertins habe sehr wohl mit einem Bombenanschlag gedroht, dies ergäbe sich zweifelsfrei aus einem Vermerk des Oberlandesgerichts Celle. Der Leitende Oberstaatsanwalt bot sogar an, mir den Vermerk zu zeigen. Die Akte lag auf seinem Schreibtisch. Er hätte die Unterlagen vor dem Gespräch noch einmal geprüft. Ich versicherte dem Behördenchef, dass ich ihm auch ohne Einblick in die Akte glauben würde. Bei den beiden anderen von mir thematisierten Fällen war der Leitende Oberstaatsanwalt nicht annähernd so gut im Bilde und konnte auch keine Akten vorweisen. Hätte mich das stutzig machen müssen?

Ich glaubte Fröhlich und machte keinen Hehl aus meiner Verärgerung über Mertins, von dem ich mich in diesem Moment getäuscht sah. Hatte der doch stets bestritten, mit einem Bombenanschlag gedroht zu haben. Wenn das so sei, würde ich den Fall Mertins in meinem geplanten Sachbuch ausklammern, teilte ich den beiden Staatsanwälten mit. Mir entgingen die bedeutungsvollen Blicke nicht, die meine Gesprächspartner daraufhin austauschten. Ich maß ihnen aber weiter keine Bedeutung zu. Es sei eine weise Entscheidung, den Fall Mertins in meinem Buch auszuklammern, kommentierte Fröhlich meine Feststellung. Andernfalls würde ich Ärger mit den Ermittlungsbehörden bekommen. Eine zutreffende Ankündigung, wie sich später herausstellen sollte.

Im weiteren Verlauf des Gesprächs brachte ich auch meine eigene Strafanzeige u. a. gegen Rechtsanwalt Siegfried Reszat in der Erbrechtsangelegenheit zur Sprache. Fröhlich gab sich überrascht, davon wisse er gar nichts; auch nicht, dass sie abgewiesen wurde. Falls es neue Sachverhalte gäbe, solle ich ihm diese mitteilen, er würde sich persönlich darum kümmern. Dies tat ich dann auch, mit dem Ergebnis allerdings, dass ich neun Monate später erneut eine Abfuhr von der Staatsanwaltschaft erhielt.

Nach dem Gespräch in der Staatsanwaltschaft schrieb ich Mertins eine verärgerte Mail, dass er offensichtlich sehr wohl einen Bombenanschlag geplant und mir die Wahrheit verschwiegen habe. Mertins blieb bei seiner Version. Niemals hätte er mit einem Bombenanschlag gedroht, und schon gar nicht gegen den Justizminister. Dass dies noch sechs Jahre nach den Vorfällen vom Behördenleiter der Staatsanwaltschaft Hannover behauptet wurde, empörte ihn. Er erhob Klage wegen Verleumdung. Sein Prozesskostenhilfeantrag landete auch dieses Mal auf dem Schreibtisch von Verwaltungsrichter Kleine-Tebbe. Der Richter wies den Antrag wie bereits geschildert ab.

Fröhlich selbst geriet einige Monate später im Zusammenhang mit den Ermittlungen gegen den Politiker Sebastian Edathy in den Fokus der Öffentlichkeit. Edathy warf dem Behördenleiter vor, seine Neutralitätspflicht verletzt zu haben, um sich in den Medien zu profilieren. Nachdem der Fall Edathy sogar zum Rücktritt des amtierenden Bundesinnenministers wegen Geheimnisverrates führte, warf Fröhlich im Laufe der weiteren Untersuchungen seinem Vorgesetzten Frank Lüttig vor, die Ermittlungen verzögert zu haben. Die Verbalattacke gegen seinen Dienstvorgesetzten schadete ihm nicht. Im Gegenteil! Anfang 2016 wurde Fröhlich Generalstaatsanwalt in Hamburg. Sein Wechsel nach Hamburg wurde dem Vernehmen nach nur von wenigen Mitarbeitern in der Staatsanwaltschaft und der Polizeidirektion Hannover bedauert. Fröhlich eilte der Ruf voraus, allzu ehrgeizig und karrierevernarrt zu sein.

Die Vermutung liegt nahe, dass der Staatsanwalt nicht nur bei seinen öffentlichen Äußerungen im Fall Edathy über das Ziel hinausgeschossen ist, sondern auch im Fall Mertins.

Bemerkenswert ist auch die schriftliche Einlassung des Oberstaatsanwalts Dr. Frank Weissenborn in einem Schreiben an das Verwaltungsgericht Hannover vom 27.02.2015. Die E-Mail des verstorbenen Präsidialrichters Busse am Oberlandesgericht Celle und der Telefonmitschnitt ließen im Rahmen einer polizeilichen Gefahrenanalyse die Deutung zu, dass Mertins einen Bombenanschlag auf den Justizminister geplant habe. Damit räumte die Staatsanwaltschaft ein, dass der angebliche Bombenanschlag ein Ergebnis einer polizeilichen Deutung war. Beruhte die Anschuldigung also nur auf einer behördlichen Fiktion? Umso fragwürdiger ist es, dass Fröhlich in dem Gespräch behauptete, Mertins habe sehr wohl mit einem Bombenanschlag gedroht. In dem Vermerk von Dr. Busse, der mir erst Ende 2015 zugespielt wurde, ist keinesfalls von einer Bombendrohung die Rede. Gleiches gilt für den ominösen Telefonmitschnitt eines Anrufs von Mertins beim Oberlandesgericht.

Dies sollte jedoch nicht die einzige Ungereimtheit bleiben. In der Verhandlung unter dem Vorsitz von Richter Kleine-Tebbe erklärte Oberstaatsanwalt Dr. Weissenborn, der den Behördenchef auch in anderen Verfahren vertreten hat, dass ich den Leitenden Oberstaatsanwalt nur in meiner persönlichen Angelegenheit und keinesfalls wegen eines geplanten

Sachbuchs aufgesucht hätte. Der vorliegende Schriftwechsel entlarvt die Behauptung als glasklare Lüge. Es ist auch wenig glaubwürdig, dass der Leiter der größten Staatsanwaltschaft in Niedersachsen jemand in einer persönlichen Sache zu einem mehrstündigen Gespräch in sein Büro einlädt. Und wenn es nur um eine persönliche Sache ging, weshalb wäre dann der Pressesprecher der Behörde hinzugezogen worden?

Das hätte Richter Kleine-Tebbe stutzig machen müssen. Dennoch verzichtete er darauf, mich als Zeugin anzuhören und sich den Schriftwechsel vorlegen zu lassen. Hätte er das getan, wäre der Antrag auf Prozesskostenhilfe nicht mehr abweisbar gewesen. Doch genau das sollte augenscheinlich vermieden werden.

Mertins wurde die Chance verwehrt, in einer Verleumdungsklage gegen den Leiter der Staatsanwaltschaft Hannover womöglich zu obsiegen.

Rassistische Morddrohungen mitten in Deutschland

Es fing harmlos an. Dass es zu Morddrohungen, Hackerangriffen, Datendiebstahl, der Einschaltung von sogenannten Reichsbürgern und eines Pädophilenringes kommen würde, war nicht im Entferntesten abzusehen.

Erstmals hatte ich im Frühjahr 2015 über den Justizfall Olaf Mertins berichtet und in der Folgezeit weitere Beiträge in meinem Blog eingestellt. Mit zwischen 5.000 und 8.000 Klicks war das Interesse an dem Fall kaum höher als an anderen Justizfällen. Im Gegenteil: so stieß der Beitrag über den Landwirt Hubert Hümme, der auf Grund eines Fehlurteils des Schleswig-Holsteinischen Oberlandesgerichts in existentielle Bedrängnis geraten war, mit knapp 13.000 Klicks auf mehr Interesse. Auch die Kommentare zu den Berichten über den Fall des vermeintlichen Bombenattentäters Mertins fielen nicht aus dem Rahmen. Sie waren durchweg wohlwollend und in keiner Weise bedrohlich.

Das änderte sich schlagartig im August 2016, als ich einen Beitrag über Zuständigkeitsgerangel zwischen den hannoverschen Zivilgerichten und dem Verwaltungsgericht Hannover im Justizfall Mertins in meinen Blog einstellte. Nur zwei Tage später erreichte mich eine Mail von einem *Peter Neub* an meine private Mailadresse. *Neub* schickte mir interne Schriftstücke aus Akten des niedersächsischen Justizministeriums. Dabei handelte es sich um eine Zeugenaussage des vormaligen Persönlichen Referenten Igmar Krieger, behördeninterne E-Mails sowie einen ausführlichen Sachstandsvermerk der vormaligen Referatsleiterin und jetzigen Senatsvorsitzenden beim Oberlandesgericht Celle, Dr. Annette Wiegand-Schneider. Darin ging es um die Vorkommnisse in den Jahren 2008/2009.

Neub forderte mich auf, nicht länger die Unwahrheit über den Fall Mertins zu verbreiten und meine Berichterstattung unverzüglich einzustellen. Andernfalls werde man das Problem mit Mertins und seiner „*Brut*" selber lösen. Ich fragte mich, woher *Neub* meine private Mailadresse kannte. Als ich ihm antwortete, musste ich feststellen, dass er eine Wegwerfadresse benutzt hatte, um seine wahre Identität zu verschleiern. Der von mir über die Drohung informierte Mertins berichtete mir, dass er seit Jahren mit Drohmails schikaniert wurde. *Neub* ließ seiner Mail an mich einen Kommentar in meinem Blog folgen, in dem er wahrheitswidrig behauptete, dass am 12. Dezember 2008 eine echte Lebensgefahr für den damaligen Justizminister Bernd Busemann bestanden hätte. Jedoch hatte es tatsächlich zu keinem Zeitpunkt eine Lebensgefahr für den Minister gegeben. Der einzige Fehler sei es gewesen, so *Neub*, dass das SEK Mertins nicht vor Ort eliminiert hätte. Woher wusste er, dass SEK-Beamte am 12. Dezember 2008 im Einsatz waren, fragte ich mich. Nicht einmal Mertins selbst hatte dies bislang gewusst, wie er mir versicherte. Und auch für mich war die Information damals neu gewesen.

Es konnte nach meinem Dafürhalten nur eine Erklärung geben: Bei *Neub* handelte es sich um einen Insider aus dem Umfeld der niedersächsischen Behörden. Ich schaltete das Justizministerium ein und machte auf die Drohung und die mir zugesandten behördeninternen Unterlagen aufmerksam.

Das Ministerium reagierte reserviert und ließ mich wissen, dass es keine Anhaltspunkte für eine Beteiligung von Mitarbeitern an den Drohungen gebe. Zudem habe man die Sache an die Staatsanwaltschaft weitergeleitet. Dass diese Ermittlungen ablehnen würde, stand für mich nach den Erfahrungen nicht nur im Fall Reinhard Mühl, sondern diverser anderer Fälle von vornherein fest.

Doch es sollte noch viel schlimmer kommen. *Neubs* Drohungen markierten nur den Anfang. In den nächsten Wochen folgte eine wahre Sturzflut von Hass- und Drohmails, in denen immer wieder die zeitnahe Ausschaltung Mertins angekündigt wurde. Man solle dem Idioten und seinem Pack endlich das Maul stopfen, leider fehle den Richtern das Gesetz für die Todesstrafe, schrieb ein Kommentator. Die Eliminierung von Mertins sei im Sinne einer antisemitischen Lösung erforderlich, forderte ein anderer. Es sei Eile bei der Tötung von Mertins geboten, wurde behauptet. Dass seine Kinder bei der Ausschaltung des Kaufmanns zu Schaden kommen würden, sei hinnehmbar. Auch Naziparolen wurden ungeniert verwendet.

Mertins entspreche nicht den „*Rassestandards*", dies habe der Landgerichtspräsident Dr. Guise-Rübe auch festgestellt, schrieb ein Leser. Der Richter habe dankenswerterweise seinerzeit verhindert, dass Mertins seine EDV für seine Verteidigung nutzen konnte.

Auch wenn ich Zweifel an den Behauptungen bezüglich des Landgerichtspräsidenten hatte und diese auch äußerte, drängte sich die Frage auf, was denn nun tatsächlich mit den seit dem 12. Dezember 2008 verschwundenen Laptops des ehemaligen Bankberaters geschehen war. Bis zum heutigen Tage ist ihr Verbleib nicht geklärt und die Kommentatorin *Hannelore*, die für den Landgerichtspräsidenten eine geradezu schwärmerische Bewunderung pflegt, wusste über Inhalte der Laptops Bescheid.

Man hätte die Kommentare als Ausfälle einiger Verrückter abtun können. Da aus internen Unterlagen zitiert wurde und sich die Kommentatoren wiederholt auf Äußerungen des mit dem Fall befassten Richters Andreas Kleine-Tebbe und weiterer Richter sowie hochrangiger Polizeibeamte bezogen, kam ich zu der Überzeugung, dass Insider der Polizei- und Justizbehörden involviert sein mussten. Sei es als Informanten der Gruppe ‚Kameraden' oder als deren Mitglieder. Nur so ließ sich erklären, dass immer wieder Inhalte von

Akten preisgegeben wurden.

Im Laufe der folgenden Wochen wurden die Todesdrohungen nicht nur brutaler, sondern die Verfasser bedienten sich zunehmend rassistischer, antisemitischer Parolen. Davon, dass die Öfen im Konzentrationslager Bergen-Belsen *„wieder angeheizt würden“* war ebenso die Rede wie von der Ankündigung, meine Bücher öffentlich zu verbrennen. Damit habe man bereits in der Reichskristallnacht gute Erfahrungen gemacht. Noch irritierender - nicht nur für mich, sondern auch für etliche meiner Leser - war die Erkenntnis, dass die ‚Kameraden' sogar laufende Blattnummern aus Polizeiakten benannten. Hierauf werde ich noch im Zusammenhang mit der Beschreibung der Tätergruppe und wer hinter ihnen stecken könnte, näher eingehen.

Wiederholt wurde an Mertins appelliert, sich endlich selbst umzubringen, dann würde man auch seine Kinder in Ruhe lassen. Dabei beriefen sich die Verfasser unter anderem auf einen Bericht von Kriminalhauptkommissar Michael Behrens vom Dezember 2008. Der Polizeibeamte habe dort vermerkt, dass Mertins ein Feigling sei. Tatsächlich wird der Begriff *„feige“* in einem Bericht von Behrens vom 16. Dezember 2008 verwendet. Kurz darauf behauptete ein anderer ‚Kamerad', dass Polizeihauptkommissar Behrens die Deportation von Mertins und dessen Familie nach Griechenland vorgeschlagen habe. Ich habe den Polizeibeamten um ein Gespräch gebeten. Behrens ignorierte meine Anfrage.

Dass man das Agieren der ‚Kameraden' nicht als Hetzparolen einzelner Rechtsextremer abtun kann, wird auch aus den Kommentaren des ‚Kameraden' *Gerd* deutlich. So schrieb *Gerd*, dass er Mertins Eltern aufgesucht habe, um dessen Aufenthaltsort zu erfragen. Und tatsächlich ergab meine Nachfrage, dass eine Person, die sich als Gerichtsvollzieher ausgegeben hat, am Tag vor dem Eintrag des Kommentars in meinem Blog Mertins Eltern aufgesucht und Erkundigungen über ihn eingeholt hat. Auch *Gerd* forderte die *„zeitnahe Beseitigung des Killerschweins und seiner genmutierten Brut*". Es kann sich bei *Gerd* nur um einen Insider handeln. Wie sonst hätte er davon wissen können, dass ein Gerichtsvollzieher Mertins' Eltern aufgesucht hat? Oder hat er sich sogar selbst als Gerichtsvollzieher ausgegeben?

Außer auf die Richter Andreas Kleine-Tebbe und Dieter Muhsmann beriefen sich die ‚Kameraden' wiederholt auf die Rückendeckung der Polizeidirektion Hannover. Einer der ‚Kameraden', der sich *Bernd Herstedt* nennt, schrieb, man habe die Unterstützung der Polizeidirektion *„das Killerschwein Mertins abzuschlachten*". In einer persönlich an mich gerichteten E-Mail erklärte er, dass seinen Mitstreitern aus den sozialen Netzwerken Bestätigungen vorlägen, wonach die rassistischen Morddrohungen nicht nur rechtmäßig, sondern von den niedersächsischen Behörden gewollt seien. Auch hätten ihm Behördenmitarbeiter mitgeteilt, dass das Verwaltungsgericht Hannover davon ausgeht, dass ich keine Beweise hätte, die meine Beiträge bestätigen würden.

Zugleich betonte *Herstedt*, dass er an mehreren Sitzungen von Richter Kleine-Tebbe teilgenommen habe und dieser sein uneingeschränktes Vertrauen genieße. Was wollte mir *Herstedt* damit sagen? Wollte er andeuten, dass der Richter ihm gegenüber den Eindruck erweckt hatte, die Morddrohungen der ‚Kameraden' zu tolerieren?

Als ich in meinen Stellungnahmen zu den Kommentaren darauf hinwies, dass die genannten Richter bestimmt nicht mit Todesdrohungen einverstanden seien, widersprach ein ‚Kamerad'. Das Gegenteil sei der Fall, behauptete er. Ich wollte das nicht glauben, dennoch verfestigte sich der Eindruck, dass die ‚Kameraden' sich über behördliche Sachverhalte bestens informiert zeigten. Nicht nur, dass unter Benennung von Aktenzeichen und Blattnummern aus Polizeiakten zitiert wurde, ein Kommentator beklagte es, dass in den Polizeiakten handschriftliche Notizen vermerkt worden seien. Dies habe die Bemühungen der Beamten, die Akten zu frisieren, außerordentlich erschwert. Und tatsächlich fanden sich Vermerke in der Polizeiakte mit handschriftlichen Zusätzen, u. a. vom Landespolizeipräsidenten Uwe Binias.

Mit zunehmender Dauer der Drohungen richteten sich diese auch gegen den fünfjährigen Sohn von Mertins, für den sich die ‚Kameraden' besonders grausame Todesformen ausdachten. So wurde angeregt, den Fünfjährigen „*in eine Plastiktüte zu stecken und anschließend in einer Regentonne ersaufen zu lassen*". Ein anderer Kamerad schlug vor: „*Knebel rein und draufhauen*". Weshalb der Junge, der übrigens blond und blauäugig ist, immer wieder als „*genmutierte Brut*" und „*nicht-arischer Abschaum*" bezeichnet wurde, ist mir bis heute ein Rätsel geblieben. Später kamen Drohungen hinzu, den Fünfjährigen einem Pädophilenring auszuliefern, worauf noch näher einzugehen sein wird.

Befremdlich ist, dass die ‚Kameraden' immer wieder behaupten, Mertins und seine Fortpflanzungsgemeinschaft seien „*genmutiert*". Ein Kommentator verweist auf eine juristische Fachzeitschrift und den internen Sprachgebrauch im niedersächsischen Justizministerium, wonach die Gene MAOA und CDH13 bei Mertins mutiert seien. Eine „*Endlösung*" sei deshalb geboten, damit sich das mutierte Erbgut nicht mit gesundem vermische. Der Kommentator muss über Fachkenntnisse verfügen, denn tatsächlich gibt es Forschungen, dass das Gen MAOA, auch Krieger-Gen genannt, Gewaltbereitschaft und aggressives Verhalten begünstigt.

Das Gen CDH13 beeinträchtigt hingegen die Selbstkontrolle und fördert impulsives, unkontrolliertes Verhalten.

Dass ein Verfasser abscheulicher Naziparolen zugleich aus einem Vermerk der früheren Referatsleiterin Annette Wiegand-Schneider zitierte, fand ich beängstigend. Die Senatsvorsitzende beim Oberlandesgericht Celle habe Mertins eine kranke Psyche bescheinigt, teilte er mit. Woher hatte der Verfechter der Naziparolen Kenntnisse über einen internen Vermerk einer Referatsleiterin im Justizministerium? Vieles spricht dafür, dass er selbst ein Mitarbeiter der Behörde ist, zumindest aber muss er Zugang zu deren Akten haben.

Es ist im höchsten Maße beunruhigend, sollten Mitarbeiter der niedersächsischen Justizverwaltung derart abstruses nationalsozialistisches Gedankengut pflegen und verbreiten.

Ich war fast dreißig Jahre in der Staatskanzlei und davor einige Jahre im niedersächsischen Wirtschaftsministerium tätig. Niemals hatte ich mit Kollegen zu tun, die einen Nazijargon pflegten. Auch jetzt stellte sich mir die Frage, ob die rassistischen Ausfälle der ‚Kameraden', die damit drohten, Mertins und sein Kind auszuschalten, überhaupt auf rechtsextremem Gedankengut beruhten oder ob die Parolen nur Tarnung waren, so wie sie selbst auch Tarnnamen benutzen.

Auch blieb die Frage ungeklärt, weshalb die Staatsanwaltschaft Hannover mir mitteilte, dass die rassistischen Morddrohungen strafrechtlich unbedenklich seien. Sind doch wiederholt deutsche Bürger zu Geld- und Haftstrafen verurteilt worden, weil sie Naziparolen im Internet verwendeten. Dem wollte ich nachgehen und erhoffte Unterstützung von den zuständigen niedersächsischen Ministerien.

Das Schweigekartell der niedersächsischen Behörden

Meine Einstellung zu den niedersächsischen Behörden war - bedingt auch durch meine jahrzehntelange Tätigkeit in Landesministerien - positiv. Ähnlich wie bei der Mehrheit der deutschen Bevölkerung war auch mein Vertrauen in die Polizei ungetrübt. Als Mittelstandsbeauftragte der Niedersächsischen Staatskanzlei und später als Leiterin des Europäischen Informations-Zentrums Niedersachsen hatte ich gute Erfahrungen mit dem Innen- und Justizministerium und deren nachgeordneten Behörden gemacht. Die Zusammenarbeit mit diesen Ressorts war angenehmer als mit einigen anderen Ministerien, die sich weniger lösungsorientiert und pragmatisch zeigten.

Auch privat hatte ich bislang nur gute Erfahrungen mit der Polizei gemacht. Nachdem es nach dem Ableben meines Mannes gleich zwei Einbruchsversuche innerhalb eines Jahres in meinem Haus in Hannover-Kirchrode gegeben hatte, waren die Polizeibeamten sehr bemüht, die Delikte aufzuklären. Zudem wurde ich kompetent und umfassend von einem Polizeibeamten beraten, mein Haus so nachzurüsten, dass Einbrecher keine Chance mehr haben. Beim zweiten - durch die inzwischen vollzogenen Sicherungsmaßnahmen gescheiterten - Einbruchsversuch gegen drei Uhr morgens, bei dem ich mich im Haus befand, gelang es den Beamten der Polizeidirektion Hannover sogar, die Einbrecher zu ermitteln. Sie machten eine Albaner-Bande, der im Großraum Hannover eine große Zahl von Einbrüchen zugeschrieben wurde, für den Einbruchsversuch als Täter aus. Die Staatsanwaltschaft Hannover teilte mir dann allerdings mit, dass sie die Ermittlungen eingestellt habe, da die Beweislage noch Fragen offen gelassen habe.

Im Laufe der Recherchen zum Justizfall Mertins geriet meine bis dahin heile Welt, was die niedersächsischen Behörden und insbesondere die Polizei betraf, allerdings gehörig ins Wanken. Zu Beginn der Justizaffäre war das anders. Nachdem ich die Drohmail von *Peter Neub* mit den internen Unterlagen aus dem niedersächsischen Justizministerium erhalten hatte, war ich zuversichtlich, dass das Justizministerium der Sache nachgehen würde. Immerhin hatte *Neub* sich als Person mit profunden Insiderkenntnissen erwiesen und verfügte über interne E-Mails und Vermerke aus dem Justizministerium. Zu meiner Überraschung blieb jedoch eine Reaktion des Ministeriums aus.

Nach zweimaliger Erinnerung erhielt ich eine gleichermaßen unverbindliche wie nichtssagende Antwort. Die Pressesprecherin von Justizministerin Antje Niewisch-Lennartz, Marika Tödt, verwies auf die Staatsanwaltschaft Hannover und bedauerte, mir nicht weiterhelfen zu können.

Meine Bitte um Stellungnahme, ob das Schweigen zu den Morddrohungen Zeichen der stillschweigenden Zustimmung der für den Fall zuständigen Justizbehörden offenbarte, wurde ignoriert. Dies zumindest hatten die Kommentatoren immer wieder erklärt. Und was sollte der Hinweis, man könne mir nicht weiterhelfen? Nicht ich brauchte die Hilfe des Justizministeriums, sondern Olaf Mertins und sein fünfjähriger Sohn. Sie wurden mit „*Ausschaltung*“ bedroht.

Obwohl *Neub* mir interne Unterlagen aus dem Ministerium übersandt hatte, wurde ich mit dem lapidaren Hinweis abgefertigt, dass es keine Anhaltspunkte für die Beteiligung von Mitarbeitern der niedersächsischen Justiz an den Drohungen gäbe. Die abweisende Gleichgültigkeit und Kälte gegenüber einem massiv bedrohten Bürger und seinem Kind empfand ich als erschreckend. Konnte sich wirklich niemand im Ministerium vorstellen, wie furchtbar es sein muss, über Monate hinweg mit Todesdrohungen konfrontiert zu werden und ertragen zu müssen, dass das eigene Kind in Gefahr ist?

Und wie ernst war dann das auf der Webseite des Justizministeriums veröffentlichte Versprechen zu nehmen, den Erwartungen rechtssuchender Bürgerinnen und Bürger gerecht zu werden? So viel stand fest, meinen Erwartungen war die Behörde nicht gerecht geworden.

Und wie schlimm muss es für Eltern sein, immer wieder hören zu müssen, dass das eigene Kind als „*Missgeburt*", „*Brut*" und „*genetisch mutiert*" bezeichnet wird! Ganz zu schweigen, von den Drohungen, das Kind „*zu Hackfleisch zu verarbeiten*".

Den Verweis auf die Zuständigkeit der Staatsanwaltschaft Hannover hätte sich das Ministerium sparen können. Nach allen Erfahrungen, die ich mit der Behörde gemacht hatte, stand für mich von Anfang an fest, dass die Behörde nicht tätig werden würde. Und weshalb sollte ausgerechnet die Staatsanwaltschaft, gegen die Mertins eine Klage wegen Verleumdung anhängig gemacht hatte, besonderen Eifer an den Tag legen, um die Täter zu ermitteln?

Meine Skepsis war begründet, wie sich wenig später herausstellte.

Meine Erwartungen richteten sich jetzt auf das Innenministerium. Nachdem immer mehr Indizien darauf hindeuteten, dass Mitarbeiter der Polizei an den Drohungen beteiligt, zumindest aber Verbündete der ‚Kameraden'-Gruppe waren, wies ich den Pressesprecher des Niedersächsischen Innenministers Boris Pistorius auf die Morddrohungen und meinen Verdacht hin.

Die von einzelnen Mitgliedern der ‚Kameraden'-Gruppe verwendeten Zitate und Hinweise auf Behördenvermerke ließen kaum Zweifel daran, dass Mitarbeiter aus den Geschäftsbereichen des niedersächsischen Justiz- beziehungsweise Innenressorts an den Drohungen aktiv oder passiv beteiligt waren. Die Antwort fiel jedoch ebenso inhaltsleer aus wie die des Justizministeriums. Man habe meine Anfrage ans Justizministerium weitergeleitet, teilte mir das Ministerium mit.

Als langjährige Referatsleiterin war mir bekannt, dass das Hin- und Herschieben von Anfragen zwischen Ministerien eine beliebte Methode ist, als lästig empfundene Bürger zu zermürben. Ich war indes nicht bereit, mich mit derartigen Taktiken abzufinden.

Bezüglich meiner Annahme, dass Mitarbeiter der Polizei an den Todesdrohungen beteiligt sein könnten, habe man die Sache an die Polizeidirektion Hannover abgegeben, ließ man mich wissen. Ausgerechnet an die Behörde also, gegen die Mertins vergeblich Klage geführt hatte und deren Ermittlungen viele Fragen offen gelassen hatten.

Meine Bitte um Erklärung, weshalb laut Hinweisen der ‚Kameraden' ein Polizeioberkommissar Strömel Personen, die Mertins töten wollten, dessen Anschrift gegeben habe, wurde erst gar nicht beantwortet. Ich konnte dann zwar in Erfahrung bringen, dass es einen Polizeibeamten Hans-Georg Strömel gibt. Ob es sich hierbei um die Kontaktperson der ‚Kameraden' handelt, blieb jedoch offen.

In beredtes Schweigen hüllte sich auch die Staatsanwaltschaft Osnabrück, die ich wegen der Rolle ihres Leiters Bernard Südbeck in dem Fall um Stellungnahme bat. Zwar wirbt der Leitende Oberstaatsanwalt auf der Internetseite seiner Behörde damit, dass für die Staatsanwaltschaft Osnabrück der Opferschutz an vorderster Stelle stehe, für Mertins und dessen Sohn galt dieser Anspruch jedoch offensichtlich nicht. Dass auch der immer wieder von den ‚Kameraden' zitierte Vorsitzende Richter am Oberverwaltungsgericht Lüneburg Dieter Muhsmann auf meine Anfrage nicht reagierte, hatte ich bereits geschrieben.

Ich schöpfte Hoffnung, dass doch noch Ermittlungen aufgenommen würden, um die Personen, die sich hinter den ‚Kameraden' verbargen, zu ermitteln, als mich Michael Haunschild von der Polizeidirektion Hannover am 10. November 2016 per E-Mail kontaktierte. Der Abteilungsleiter und Leitende Regierungsdirektor ist zugleich Vorsitzender der Gesellschaft für Polizeigeschichte. Die Hetz-Kommentare erfüllten den Tatbestand der Beleidigung und Nötigung, meinte er in einem Telefonat mit mir. Falls tatsächlich Mitarbeiter der Polizei involviert seien, würden neben strafrechtlichen auch dienstrechtliche Ermittlungen aufgenommen. In einer Mail an mich bekräftigte er seine Ankündigung. Es sei daher von entscheidender Bedeutung die Identität der Kommentatoren festzustellen. Ich wurde gebeten, die bei mir und meinem Provider vorliegenden Angaben über die Kommentatoren für polizeiliche Nachforschungen zur Verfügung zu stellen.

Dies tat ich umgehend, verschwieg dem Polizeibeamten aber nicht, dass meine Erfahrungen mit der Staatsanwaltschaft denkbar schlecht waren. Auch ließ ich ihn wissen, dass ich jetzt über einige IP-Adressen verfügen würde, auf die er zurückgreifen könne. Zudem übermittelte ich ihm die E-Mailadresse von *Peter Neub* verbunden mit der Vermutung, dass *Neub* Landesbediensteter sein dürfte. Immerhin hatte er mir amtliche Unterlagen aus dem Justizministerium gemailt.

Die Verwendung amtlicher Unterlagen zu persönlichen Zwecken ist ein schwerwiegendes Vergehen, das zur Entlassung führen kann. Der Bürger muss sich darauf verlassen können, dass bei den Behörden über ihn geführte Akten vertraulich behandelt werden. Sollte es sich bei *Neub* nicht um einen Behördenmitarbeiter handeln, musste ihm jemand die Unterlagen unbefugt ausgehändigt haben. Auch dies wäre ein dienstrechtliches Vergehen, das Ermittlungen hätte nach sich ziehen müssen. Zudem hatte *Neub* in einem Kommentar festgestellt, dass das SEK 2008 den Fehler gemacht habe, *„Mertins nicht sofort zu eliminieren“*. Niemandem außer Insidern der Ermittlungsbehörden war bislang bekannt, dass SEK-Beamte zu den Ermittlungen gegen Mertins hinzugezogen worden waren.

Zu meiner Überraschung blieb jegliche Reaktion auf mein Angebot an die Polizeidirektion aus. Auf meine Nachfrage bei Haunschild, ob überhaupt noch Interesse an der zuvor von ihm als wichtig beurteilten Ermittlungstätigkeit bestehe, ließ der Polizeibeamte mich wissen, dass er durch andere Aufgaben gebunden sei. Man habe den Fall zur strafrechtlichen Beurteilung an die Staatsanwaltschaft Hannover abgegeben. Die dortige Entscheidung stehe noch aus. Unabhängig davon werde die Polizeidirektion Hannover in jedem Fall die dienstrechtliche Seite der Angelegenheit untersuchen. Haunschild bat mich, die Daten, die Rückschlüsse auf die Urheber der Kommentare zuließen, zu sichern und den Ermittlern zu gegebener Zeit zur Verfügung zu stellen.

Ich bestätigte, dass ich die IP-Adressen gesichert hätte. Es meldete sich jedoch kein Ermittler bei mir, der die von mir sichergestellten IP-Adressen haben wollte. Mein Angebot wurde ignoriert.

Stattdessen tauchten acht Monate später Vertreter der Staatsanwaltschaft bei meinem Internet-Provider in Westdeutschland auf, um meine Dateien zu ‚beschlagnahmen'. Dazu mehr im letzten Kapitel.

Unterdessen spitzte sich die Bedrohungslage für Mertins und seinen Sohn weiter zu. Neben den Kommentaren erreichten den Kaufmann auch direkt an ihn gerichtete Drohmails. Man würde ihm sein Kind *„in Einzelteilen als Puzzle per DHL zusenden“*, falls die Berichte der *„dämlichen Raddatz“* nicht aufhörten. Auch wurde damit gedroht, Mertins Wohnung komplett mit allen Personen in die Luft fliegen zu lassen, wenn er noch einmal irgendetwas an Gerichte oder Behörden schreibe. Die mir von Mertins zur Kenntnis gegebene Drohmail schickte ich an Haunschild, verbunden mit dem Hinweis, dass der Verfasser ein Behördenmitarbeiter sein müsse. Wie sonst könnte er kontrollieren, ob Mertins an Behörden oder Gerichte schreibt. Eine Antwort erhielt ich bis heute nicht. Nicht einmal eine Eingangsbestätigung.

Stattdessen erhielt ich ein Schreiben der Staatsanwaltschaft Hannover. Staatsanwältin Kroll teilte mir am 30. November 2016 mit, dass ein strafrechtlich relevantes Verhalten der Kommentatoren nicht vorliege! Es sei auch nicht eindeutig, wer mit den Todesdrohungen gemeint sein könne. Dies ergäbe sich erst aus der Zusammenschau.

Die Feststellung der Staatsanwältin war an Zynismus kaum noch zu überbieten. Dass eine Ermittlungsbehörde sich traute, Bürger mit derart abwegigen Stellungnahmen abzuspeisen, hatte bis zu diesem Tag meine Vorstellungskraft überstiegen. Deutlicher und brutaler konnten die Drohungen gegen Mertins nicht ausfallen und es gab nicht den geringsten Zweifel, dass sie sich einzig und allein gegen ihn und seinen Sohn richteten.

Geradezu skandalös war auch der Hinweis der Staatsanwältin, es könne ja nicht festgestellt werden, wer hinter den Kommentaren stecke. Natürlich nicht, wenn die Behörden ihren Ermittlungspflichten nicht nachkamen.

Auch seien öffentliche Interessen nicht gefährdet, meinte Kroll. Was wollte die Staatsanwältin damit zum Ausdruck bringen? Wird die Staatsanwaltschaft nicht mehr tätig, wenn ein einzelner Bürger und sein kleines Kind massiv bedroht werden, weil ihr Leben und ihre Lebensqualität nichts gelten? Sind öffentliche Interessen nicht mehr berührt, wenn einzelne Bürgerinnen und Bürger bedroht werden, sondern nur noch wenn Politiker und hochrangige Behördenvertreter involviert sind?

Die Interpretation, was die niedersächsischen Justizbehörden unter öffentlichen Interessen verstehen, bedarf einer Klärung. Bekanntlich war die Staatsanwaltschaft der Meinung gewesen, dass die öffentlichen Interessen gefährdet sind und einen Personal- und Kostenaufwand von weit über einer Million Euro rechtfertigen, weil das Ehepaar Wulff sich von einem Bekannten hatte einladen lassen. Auch eine Verleumdungsanzeige des Richters Kleine-Tebbe führte zu umgehenden Ermittlungen.

Was die Hintermänner der Morddrohungen betraf, hätte man diese durchaus feststellen können. Man hätte nur Ermittlungen einleiten müssen. Doch genau das verhinderte die Staatsanwaltschaft Hannover mit ihrer Entscheidung.

Die Reaktion war nicht nur dickfellig und unsensibel, sie verhöhnte Mertins und sein Kind, die mit den andauernden Todesdrohungen leben mussten. Schwarz auf weiß konnte jedermann nachlesen, dass *Bernd W.* bereits Wochen zuvor in meinem Blog gefordert hatte, „*Mertins zeitnah auszuschalten*“, dann „*würde Richter Kleine-Tebbe eine Flasche Champagner öffnen*“. *Klaus H.* hatte einen Tag zuvor geschrieben, dass die Richter um Kleine-Tebbe „*Mertins schweigen sehen*“ wollten. Drei Tage zuvor hatte er gefordert, dem „*Idioten*“ und seinem Pack „*endlich das Maul zu stopfen*“. Eine Person, die sich *Hammer* nannte, hatte angekündigt: „*Wir haben den Typen am Haken, lass uns seine kleinen Kinder kitzeln.*“ Ein *MP* hatte mitgeteilt, dass man sich „*mit der Tötung von Mertins beeilen*“ müsse. In den Drohmails war zudem davon die Rede, dass Mertins nicht den „*Rassestandards*“ entspreche, „*er und seine Brut genmutiert*“ seien und deshalb „*abgeschlachtet*“ gehörten. Alles unbestimmt?

Was musste noch passieren, bis endlich jemand die Staatsanwaltschaft aufrüttelte, fragte ich mich. Völlig überzogene Ermittlungen gegen Christian Wulff, ein glückloses Agieren im Fall des Politikers Sebastian Edathy, verschlampte Ermittlungen im Fall Reinhard Mühl. Dazu verschwundene Akten und ein Ermittlungsverfahren gegen Oberstaatsanwalt Uwe Görlich im Zusammenhang mit dessen Verbindungen zu einer Bordellbesitzerin, das Fragen offen ließ. Und zu all dem beredtes Schweigen der zuständdigen Ministerin.

Obwohl die Staatsanwaltschaft bereits Ende Oktober 2016 entschieden hatte, dass keine Ermittlungen aufzunehmen sind, da die Morddrohungen ja strafrechtlich unbedenklich seien, teilte der Polizeibeamte Haunschild acht Tage später Mertins das Gegenteil mit. Die Polizeidirektion Hannover sehe in einer Reihe von Kommentaren ein strafrechtlich relevantes Verhalten, die Entscheidung der Staatsanwaltschaft stehe aber noch aus.

Was bezweckte die Polizeidirektion Hannover mit ihrem Schreiben? Bereitete es ihr Genugtuung, einen Bürger, der es gewagt hatte, gegen sie eine Klage anzustrengen, an der Nase herumzuführen? Oder wollte sie den Eindruck von Tatkraft und polizeilichem Engagement vermitteln, wo es tatsächlich an beidem zu fehlen schien?

Wenn die Polizei die ernsthafte Absicht gehabt hätte, fundierte Ermittlungen anzustellen, hätte sie auf mein Angebot reagieren müssen, die bei mir vorhandenen IP-Adressen anzunehmen um sie zu überprüfen. Das hatte sie aber nicht. Oder lag wieder einmal eine Ermittlungspanne der Behörde vor? So wie im Fall der Salafistin Safia S., die einen Bundespolizisten mit einem Messer attackiert und schwer verletzt hatte?

Die Großmutter der Täterin hatte vor dem Anschlag die Polizei aufgesucht und informiert, dass ihre Enkeltochter sich radikalisiert habe. Die niedersächsische Polizei soll der Aussage trotz der unbestreitbaren Gefahrenlage durch islamistische Terroristen nicht nachgegangen sein. Später hieß es, das Protokoll mit der Aussage der Großmutter sei aus den Polizeiakten verschwunden.

Parallelen zum vorliegenden Fall tun sich auf. Auch Chats der Islamisten mit dem bereits ins Visier der Polizei geratenen Terrorverdächtigen Mohammed Hassan K. sollen die niedersächsischen Ermittler übersehen haben. Der oberste Polizist der Landes, Uwe Binias, erklärte in einem Interview zu den Polizeipannen, dass die niedersächsische Polizei offen mit Fehlern umgehe und sich zu bessern versuche.

Den Umgang mit dem Fall Mertins kann der Landespolizeipräsident bei seiner öffentlichkeitswirksamen Erklärung nicht vor Augen gehabt haben. Im Gegenteil!

Jetzt ist die Politik gefordert, allen voran die Abgeordneten des Niedersächsischen Landtages, beschloss ich für mich. Ist es doch die Aufgabe der Abgeordneten, die Rechte der Bürger gegenüber Regierungen und Verwaltungen wahrzunehmen. Nach Artikel 7 der Niedersächsischen Verfassung gehört es zu den Aufgaben des Landtages, die vollziehende Gewalt zu überwachen. Und auch das Grundgesetz sagt, dass jedermann das Recht hat, sich einzeln oder in Gemeinschaft mit anderen schriftlich mit Bitten oder Beschwerden an die zuständigen Stellen und an die Volksvertretung zu wenden.

Wie es um die Wirklichkeit ist, beschreibe ich nachfolgend.

Polizeidirektion Hannover

Vom Versagen der parlamentarischen Kontrolle

Der in großen Teilen der Bevölkerung vorherrschende Eindruck, dass die Politiker sich nur bei anstehenden Wahlen um ihre Belange kümmern, hat sich gerade in den letzten Jahren verfestigt. Umfragen bestätigen, dass die Mehrheit der Bürger davon ausgeht, politische Entscheidungen würden hinter verschlossenen Türen getroffen und parteipoltische Interessen hätten Vorrang vor dem Bürgerwohl. Hierzu trägt bei, dass Entscheidungsprozesse oftmals nicht transparent sind und der Einfluss von Lobbyisten in den letzten Jahren weiter zugenommen hat.

Während meiner langjährigen Tätigkeit in der Staatskanzlei konnte ich hautnah Einblick in politische Entscheidungsprozesse nehmen. Soweit es die Tätigkeiten in meinem Arbeitsbereich betraf, haben die Abgeordneten ihre Arbeit ernst genommen. Dabei ist es naturgemäß vorrangig den Politikern der Oppositionsparteien überlassen, die Regierungsarbeit zu kontrollieren.

In der Regel nehmen die Fachausschüsse in den Parlamenten die Kontrolle der Ministerien und der ihnen nachgeordneten Behörden wahr. Neben den Ausschüssen für Wirtschaft, Kultur, Finanzen, Inneres, Soziales und anderen Fachbereichen gibt es Ausschüsse für anlassbezogene Tätigkeiten.

Zu letzteren gehört der Kontrollausschuss des Landtages, dem polizeiliche Datenerhebungen vom Innenministerium beziehungsweise den nachgeordneten Polizeibehörden zu melden sind.

Das Gesetz über die öffentliche Sicherheit und Ordnung (SOG) sieht vor, dass Anlass und Dauer von polizeilichen Datenerhebungen wie insbesondere Telekommunikationsüberwachungen dem Kontrollausschuss zu melden sind. Mit dieser Regelung will der Gesetzgeber die Bürger vor unberechtigten polizeilichen Ermittlungen schützen. Im Sommer

2013 wurde eine Ausweitung der parlamentarischen Kontrolle der Telekommunikationsüberwachung vom Niedersächsischen Landtag beschlossen.

Als Initiator des Gesetzesvorhabens galt der Abgeordnete der Grünen, Helge Limburg. Der Politiker hatte den Schutz der Privatsphäre der Bürger ganz oben auf seine politische Agenda gesetzt. Im Jahre 2009 hatte sich der Abgeordnete mit kritischen Anfragen zu den Anschuldigungen gegen den Leitenden Oberstaatsanwalt Bernard Südbeck im Zusammenhang mit der bereits erwähnten anonymen Anzeige gegen den Fleischfabrikanten Tönnies hervorgetan.

Dass der Schutz der Privatsphäre für alle niedersächsischen Bürger gilt, dürfte unbestritten sein. Im vorliegenden Fall scheint dies jedoch anders gesehen zu werden.

Ein weiteres kommt hinzu. Wenn Regierungen den Bundes- oder Landtag täuschen oder gar vorsätzlich belügen, kann dies ernsthafte Konsequenzen nach sich ziehen. Mancher Minister musste seinen Hut nehmen, weil er es bei der Unterrichtung der Parlamente mit der Wahrheit nicht so genau genommen hatte. Zuletzt war es der niedersächsische Innenminister Boris Pistorius, dem eine unzutreffende Unterrichtung des Landtags im Zusammenhang mit der Terrorbekämpfung vorgeworfen wurde. Da es allerdings nur um eine vergleichsweise unerhebliche Information ging, hatte es bis auf einige für den Minister peinliche Medienberichte keine Konsequenzen.

Wenn es jedoch drei verschiedene Versionen eines Berichts der Polizeidirektion Hannover gemäß dem Gesetz über die öffentliche Sicherheit und Ordnung (SOG) in ein und derselben Sache an den Landtag gibt, ist dies keine Lappalie. Dann liegt eine vorsätzliche Täuschung des Landtages vor, die nicht akzeptabel ist. Dies ist im Justizfall Mertins geschehen.

In der Meldung Nummer 1 vom 16. Dezember 2008 unter der Vorgangsnummer NIVADIS 200801745810 wurde als Anlass für die Telefonüberwachung von Mertins eine Bedrohungslage für Justizminister Bernd Busemann angegeben. Da zeitweise von der Gefahr eines Anschlags unter Verwendung von Sprengmitteln ausgegangen werden musste, habe man die Überwachungsmaßnahme um 12.54 Uhr eingeleitet und, nachdem sich der Sachverhalt im Zuge parallel laufender Ermittlungen relativiert hätte, gegen 14.40 Uhr wieder aufgehoben. Obwohl der Gesetzgeber zwingend eine Unterrichtung des Betroffenen über die durchgeführten polizeilichen Maßnahmen verlangt, hielt Kriminaloberrat Fischer in der Meldung fest, dass diese nicht erforderlich sei.

Diese Feststellung des Kriminaloberrats stieß bei seinen Vorgesetzten offenbar nicht auf Zustimmung. In einer zweiten, undatierten Version der Meldung nach dem SOG behauptete die Bearbeiterin Kriminalkommissarin Focken jetzt auf einmal das Gegenteil. Sie hielt fest, dass Mertins am 30. Dezember 2008 von der Überwachung unterrichtet worden sei. Mertins selbst erinnert sich zwar an einen Anruf der Polizei, in dem er aber keineswegs über die durchgeführten Maßnahmen unterrichtet worden sei. Insbesondere sei er nicht über Ermittlungen wegen des Tatvorwurfs, einen Bombenanschlag geplant zu haben, in Kenntnis gesetzt worden. Nicht einmal aus der Einstellungsverfügung der Staatsanwaltschaft Hannover vom 9. Februar 2009 geht hervor, dass gegen Mertins wegen eines angeblichen Bombenanschlags ermittelt worden war. Vielmehr ist dort von den Tatvorwürfen Nötigung und Bedrohung die Rede.

Doch nicht nur bezüglich der Tatvorwürfe herrschte bei den Ermittlungsbehörden Wirrwarr, auch die Zeiten der Überwachungsmaßnahmen waren in der zweiten Version der Meldung an den Landtag geändert worden: Jetzt wurde plötzlich 14.10 Uhr statt 14.40 Uhr als Ende der Überwachungsmaßnahme angegeben. Tatsächlich ergibt sich aus der Polizeiakte, dass die Anordnung zur polizeilichen Datenüberwachung um 14.40 Uhr aufgehoben wurde. Dies zumindest teilte Kriminaloberrat Fischer dem LKA Niedersachsen am 12. Dezember 2008 mit.

Doch damit nicht genug! Der Sachverhalt selbst wurde in der zweiten Fassung viel dramatischer dargestellt als in dem vorhergehenden Bericht. Mertins hätte im Hauptbüro des Justizministeriums angerufen und damit gedroht, sich gemeinsam mit dem Justizminister in die Luft zu sprengen, hieß es jetzt plötzlich.

Auch wurde der Ausschuss anders als in der ersten Version informiert, dass IMSI-Catcher für die Überwachungsmaßnahmen eingesetzt wurden. Mit Hilfe von IMSI-Catchern können Bewegungsprofile von Personen erstellt werden, indem die „International Mobile Subscriber Identitiy“ (IMSI) der Mobilfunkkarte eines Mobiltelefons ausgelesen und der Standort des Telefons in einer Funkzelle eingegrenzt wird. Die Geräte werden für Fahndungszwecke und bei der Verfolgung von Straftätern eingesetzt. Auf die Einholung einer richterlichen Anordnung habe man dennoch verzichtet. Es sei schließlich Freitag 12.54 Uhr gewesen und da habe man eine richterliche Anordnung nicht mehr einholen können. In der ersten Ausfertigung von Kriminaloberrat Fischer hatte es noch geheißen, dass eine richterliche Anordnung nicht erforderlich gewesen sei.

Geradezu dramatisch liest sich die dritte Version des Berichts an den Landtag. Man musste von einer akuten Gefahr für Leib und Leben von Personen ausgehen, heißt es dort. Damit stellte sich die Polizeibehörde in Widerspruch zur Staatsanwaltschaft, die das Gegenteil festgestellt hatte. Die entsprechende Verfügung von Staatsanwalt Streufert ist im Begleitmaterial in meinem Internet-Blog enthalten. Mit den Kollegen vom Amtsgericht Hannover ging die Polizeidirektion in der dritten Version ihres Berichts weniger despektierlich um. Der Hinweis, dass man um 12.54 Uhr keinen Amtsrichter hätte erreichen können und somit auf die Einholung einer richterlichen Anordnung verzichtete, kam nicht mehr vor. Die Berichte der Polizeidirektion sind in der Materialsammlung in meinem Internet-Blog enthalten.

Das Verwaltungsgericht stellte unter dem Vorsitz von Richter Reccius fest, dass eine richterliche Anordnung wegen der Telefonüberwachung zwingend geboten gewesen wäre und die Polizeibehörde auch nicht nachgewiesen habe, dass sie sich überhaupt bemüht habe, eine solche einzuholen. Die Telefonüberwachung sei daher rechtswidrig gewesen. Aus dem Tenor des Urteils ergibt sich, dass dem Gericht die zweite und somit undatierte Version der Meldung gemäß SOG vorgelegt worden war.

Dem Kontrollausschuss des Niedersächsischen Landtages wurde hingegen nicht die zweite Version, sondern die dritte und somit schärfste Fassung des Berichts vorgelegt. Dass die Polizeidirektion über ein und denselben Sachverhalt unterschiedliche Berichte erstellte, erinnert an die bereits erwähnten Aktenmanipulationen beim Landeskriminalamt Berlin, die bundesweit für Empörung gesorgt haben. Auch in der sogenannten Rocker-Affäre in Kiel sollen Akten und Polizeivermerke manipuliert worden sein.

Zurück zum Justizfall in Hannover, bei dem der Kommentator *Gustav* interessante Erkenntnisse zu Tage förderte. In seinem ersten Kommentar forderte er mich auf, lieber zu schweigen. In seinem zweiten Kommentar bezeichnete er Mertins als „*Killer*“ und gab damit seine Sympathien zu den ‚Kameraden’ zum Besten. Wirklich interessant wurden seine Kommentare, als er Polizeioberkommissar Neubert ins Spiel brachte. Neubert hätte seinerzeit den Landtagspräsidenten über den Vorgang unterrichtet. Woher wusste *Gustav* das? Nur ein Insider konnte hierüber informiert sein. Auch die Erwähnung von Neubert machte mich stutzig. Über den Namen war ich im Laufe meiner Recherchen mehrfach gestoßen und hatte mich gefragt, ob sich hinter *Peter Neub*, der die erste Drohmail verfasst hatte, womöglich der Polizeibeamte verbergen mochte. Das Justizministerium hatte dies verneint.

Einen totalen Meinungsumschwung vollzog *Gustav* in seinem vierten Kommentar. Er entschuldigte sich jetzt sogar bei mir. Nachdem er sich die Polizeiakte zu dem Fall habe vorlegen lassen, sei er auf unterschiedliche Versionen der Berichte an den Landtag gestoßen. Er sei schockiert und sprachlos, dass so etwas möglich sei. *„Hier läuft eine riesige, tolerierte Schweinerei ab. Das Ganze ist eine Schande für das Land Niedersachsen*", beklagte er sich. Sodann machte er sybillinische Andeutungen zu seiner Identität und verwies auf den Kontrollausschuss des Niedersächsischen Landtages. Auf Grund meiner beruflichen Erfahrungen wisse ich schon damit etwas anzufangen, meinte er.

Dies spricht dafür, dass es sich bei *Gustav* um einen Landtagsabgeordneten handeln könnte. Nur ein Abgeordneter hat Anspruch auf Vorlage der polizeiinternen Akten und Unterlagen. Ich fragte mich allerdings, weshalb *Gustav*, der sich doch so schockiert über das Verhalten der Polizeidirektion äußerte, seine Identität nicht preisgab. Waren ihm seine Kommentare, in denen er mich auffordert zu schweigen und Mertins als *„Killer*" bezeichnete, im Nachhinein peinlich? Oder scheute er den Konflikt mit den zuständigen Behörden?

Denkbar ist auch, dass *Gustav* einer Partei angehört, die die Regierung stellt und er diese vor Unannehmlichkeiten schützen wollte. Was sollen die Bürger von Abgeordneten halten, die von ihnen gewählt wurden, um Regierungen und Behörden zu kontrollieren und die sich wegducken, wenn sie auf Missstände stoßen? Und was von Mandatsträgern, die nicht den Mut aufbringen, offen gegen Missstände anzugehen und dies einer Bloggerin und Autorin überlassen?

Ich schaltete die Vorsitzende des Kontrollausschusses Editha Lorberg von der CDU-Fraktion ein. Die Abgeordnete war mir aus meiner früheren Tätigkeit in guter Erinnerung. Ich wies sie darauf hin, dass mir drei unterschiedliche Berichte über die polizeilichen Überwachungsmaßnahmen an den Kontrollausschuss vorliegen. Auch informierte ich sie, dass der an den Landtag geschickte Bericht nicht mit dem identisch ist, den die Polizeidirektion Hannover an das Verwaltungsgericht Hannover geschickt hatte. Selbst wenn die Täuschung des Landtages einige Jahre zurückliege, könne es nach meinem Dafürhalten nicht hingenommen werden, wenn ein Kontrollausschuss eines Landtages vorsätzlich von Behörden getäuscht würde.

Nach vier Wochen erhielt ich von einem Mitarbeiter des Landtages eine Antwort, die er sich besser erspart hätte. Meine Frage, ob der Kontrollausschuss des Landtages es hinnehme, mit offensichtlich getürkten Berichten getäuscht worden zu sein, wurde nicht beantwortet. Die Sitzungen des Ausschusses seien vertraulich, wurde mir mitgeteilt.

Als ob ich das nicht wüsste. Auch hatte ich keinesfalls nach Inhalten von Sitzungen gefragt, sondern wissen wollen, ob der Ausschuss seine Aufgaben für die Bürger ernst nimmt, oder sich von Behörden an der Nase herumführen lässt.

Mertins selbst habe sich im Jahre 2010 an den Landtag gewandt, teilte mit der Mitarbeiter der Landtagsverwaltung mit. Seine Eingabe sei seinerzeit behandelt und eine Beschlussempfehlung abgegeben worden. Daher bestehe keine Veranlassung, die Sache erneut aufzugreifen.

Dies war an Unverfrorenheit kaum noch zu überbieten. Tatsächlich hatte der Kaufmann den Landtag angeschrieben und um Kopie des Berichts der Polizeibehörde an den Landtag über die polizeilichen Überwachungsmaßnahmen gebeten. Der Ausschuss lehnte das Begehren auf Anraten der Polizeidirektion ab. Der Bericht sei als „VS - Nur für den Dienstgebrauch“ eingestuft und daher vertraulich. Keinem der Abgeordneten war aufgefallen, dass sich der Bericht der Polizeidirektion vom 28. Dezember 2010 in wesentlichen Punkten von ihrem Bericht, den sie dem Landtag Anfang 2009 vorgelegt hatte, unterschied. Anders als in dem gemäß SOG erstatteten Polizeibericht über die durchgeführten Überwachungsmaßnahmen war jetzt nicht mehr von einem angedrohten Bombenanschlag auf den Justizminister die Rede. Jetzt hieß es, Mertins habe damit gedroht, sich am Landtag anzuketten und die Presse zu verständigen. Dies habe zu den durchgeführten Polizeimaßnahmen wie der Telefonortung und weiteren Überwachungsmaßnahmen geführt. Ein eklatanter Unterschied! Haben die Abgeordneten geschlafen oder wollten sie nicht genauer hinsehen?

Spätestens nach meiner Anfrage an die Ausschuss-Vorsitzende hätte sie misstrauisch werden und die Widersprüche aufdecken müssen. Dies wäre ihre Pflicht und Schuldigkeit gegenüber dem Bürger Mertins gewesen. Sie hat die Befürchtung vieler Bürger bestätigt, dass die Politiker ihr eigenes Süppchen kochen.

Festzuhalten bleibt auch, dass die Vorsitzende des Kontrollausschusses des Landtages es offenkundig für unbedenklich hält, wenn der Landtag wissentlich von einer Behörde getäuscht wird. Hierauf hatte ich sie ausdrücklich hingewiesen.

Für den Bürger folgt daraus die Erkenntnis, dass der Ausschuss des Niedersächsischen Landtages seine Kontrollfunktion, zu der er von den Bürgern mandatiert wurde, nicht allzu ernst zu nehmen scheint.

Gleich zu Beginn der Morddrohungen hatte ich den früheren Innenminister Uwe Schünemann angeschrieben. Ob er als Abgeordneter des Landtages nicht darauf dringen könne, dass sich der Landtag mit den Todesdrohungen gegen einen Bürger befasst, der auf Grund von Kommunikationsfehlern bei der Polizeidirektion Hannover als Bombenattentäter verunglimpft und bedroht würde. In solchen Fällen sind kleine Anfragen ein gängiges Verfahren. Obwohl Schünemann mich auf Grund diverser von meinem Team in der Staatskanzlei organisierter Veranstaltungen kannte und wir sogar einmal in einer Berufsschule gemeinsam den Kochlöffel geschwungen haben, reagierte er auf meine Mail nicht.

Stattdessen machte er als „harter Hund" mit harscher Kritik an der Auftragsvergabe des Wirtschaftsministeriums und der Staatskanzlei in den Medien von sich reden. Es bleibt unbestritten, dass auf korrekte Verfahren bei der Vergabe von Aufträgen aus öffentlichen Mitteln zu achten ist. Allerdings sollte es eigentlich auch Konsens in unserer Gesellschaft sein, dass Politiker es nicht dulden können, wenn Bürger zu Unrecht schwerer Straftaten beschuldigt, mit Morddrohungen überzogen werden und der Landtag belogen wird.

Auch die ebenfalls von mir eingeschaltete Abgeordnete Filiz Polat von den Grünen legte ein widersprüchliches Verhalten an den Tag. Als ich sie im Landtag aufsuchte und über den Fall und die unsäglichen Morddrohungen informierte, versprach sie mit dem von einer grünen Ministerin geleiteten Justizministerium die Angelegenheit zu besprechen. Danach hörte ich nichts mehr von ihr, wohl aber von den ‚Kameraden', die wieder einmal bestens informiert waren.

In Kommentaren und Mails beklagten sie sich über die *„Kanakin"* und äußerten gegenüber dem ‚Reichskanzler' Schittke die Befürchtung, dass die *„Türkin"* Filiz Polat die ‚Kameraden' und ihre Familien wohl verrecken lassen wolle.

Ich warnte die Abgeordnete, dass ihr Name gegenüber den ‚Reichsbürgern' genannt worden sei, die um Unterstützung bei der Ausschaltung von Mertins durch Abstellung von ‚Kameraden' gebeten worden waren. Filiz Polat teilte mir daraufhin mit, dass sie ein Schreiben von einer *Claudia* in der Sache erhalten habe. Tatsächlich bin ich kurz darauf auf ein Schreiben von *Volker L.* an seine ‚Kameraden' *Jens* und *Bernie* gestoßen, in dem er diese wissen ließ, dass *Claudia* die Türkin angeschrieben und der *„mal erklärt habe, wie das Leben funktioniert."*

Die Abgeordnete verschwieg mir indes ein wichtiges Eingeständnis von *Claudia*, die sich als Mutter von zwei kleinen Kindern in Hannover ausgab. In ihrem mir über Mertins von einer Informantin zugespielten Schreiben vom 26. März 2017 an Polat hatte *Claudia* eingeräumt, dass die in meinem Blog eingestellten Morddrohungen von Bediensteten des Landes Niedersachsen verfasst worden seien. Sodann beklagte *Claudia* sich über einen nervösen Schuldirektor aus Bemerode, der die Polizei eingeschaltet habe, als ein schwarz gekleideter Mann versucht habe, ein Kind von einer Grundschule mitzunehmen.

Dadurch und durch einen nicht nachvollziehbaren Aufruf in der Hannoverschen Allgemeinen Zeitung sei der Arbeit der ‚Kameraden' unnötig behindert worden. Die Tatsache, dass weder die zuständigen niedersächsischen Behörden und Gerichte einschreiten, sondern vielmehr die Todesdrohungen gegen Mertins und sein Kind tolerieren würden, beweise, dass Mertins ein Terrorist sei. Die Mitarbeiter von Kleine-Tebbe, Muhsmann, Binias, Kluwe und Wiegand-Schneider seien Teil des Komplexes, der Mertins beseitigen wolle, schrieb *Claudia* der Abgeordneten. Sie alle wären nach der Eliminierung Mertins stolz, dass sie an der Tat beteiligt gewesen seien.

Es bleibt festzuhalten, dass die Kameradin *Claudia* erstaunlich gut informiert war. So erwähnte sie in ihrem Schreiben an Polat, dass die vormalige Referatsleiterin Wiegand-Schneider am besagten 12. Dezember 2008 im Justizministerium anwesend war und es ursprünglich um eine Familiensache bei Mertins ging, die dann zu Schadensersatzforderungen geführt hat. Dies kann nur eine Insiderin wissen. Auch erwähnte sie, dass zwischen den Richtern Kleine-Tebbe, Kaiser und Muhsmann langjährige freundschaftliche Beziehungen bestünden.

Weshalb verschwieg die Abgeordnete mir, dass *Claudia* ihr gegenüber die rechtswidrige Aneignung und Auswertung meiner gesamten E-Mail Korrespondenz zugegeben hatte - auch meine Korrespondenz mit der Abgeordneten selbst, auf die *Claudia* sich bezog?

Auch fügte *Claudia* ihrem Schreiben eine Version des Polizeiberichts an den Landtag bei, die nicht mit der tatsächlich an den Landtag geschickten übereinstimmte. Die Abgeordnete hat auf meine Fragen hierzu mit Schweigen reagiert.

Von dritter Seite wurde mir berichtet, dass Polat zu einem Gespräch von der Justizministerin einbestellt worden war und danach die Seiten gewechselt haben soll. Ob dies zutraf und womöglich mit dem von ihr angestrebten Mandat für den Deutschen Bundestag zu tun hatte, war nicht in Erfahrung zu bringen.

Nach all dem drängte sich der Eindruck auf, dass es die Abgeordneten des Niedersächsischen Landtages nicht sonderlich interessierte, von der Verwaltung getäuscht worden zu sein.

Für die Bürger, die sich darauf verlassen müssen, dass die von ihnen zwecks Kontrolle der Regierungen gewählten Vertreter ihre Aufgabe ernst nehmen, ist das kein beruhigendes Gefühl.

Im Gegenteil: diese Tatsache gibt der bei vielen Bürgern verbreiteten Meinung, dass Bürgerbelange für Politiker nur zweitrangig sind, neue Nahrung.

Niedersächsischer
Landtag

Zuständigkeitsgerangel der Gerichte

Über 80 Prozent der deutschen Bürger sind laut einer aktuellen Umfrage des Instituts Allensbach der Meinung, dass Gerichtsverfahren zu langwierig sind. Viele haben am eigenen Leib erfahren, dass sich Gerichtsverfahren oftmals über mehrere Jahre hinziehen. Neben dem Personalmangel an deutschen Gerichten dürfte auch die wachsende Komplexität der Verfahren eine Rolle spielen.

Wenn es allerdings so weit geht, dass die betroffenen Richter sich nicht einmal über die Frage verständigen können, welches Gericht für ein Verfahren zuständig ist, kann dies weder an Personalknappheit liegen noch an komplizierten Verfahren. Zieht sich das Zuständigkeitsgerangel dann auch noch über fast zwei Jahre hin, wie im vorliegenden Justizfall, muss sich der Bürger zwangsläufig veralbert vorkommen.

Bekanntlich hat der Leitende Oberstaatsanwalt Dr. Fröhlich in einem Gespräch mit mir im September 2014 erklärt, dass Mertins sehr wohl mit einem Bombenanschlag gegen den Justizminister gedroht habe. Ich sei klug beraten, nicht das Gegenteil zu schreiben, sonst würde ich mir Ärger mit den Behörden einhandeln. Ich glaubte dem Leitenden Oberstaatsanwalt, fühlte mich von Mertins getäuscht und schrieb ihn an. Der blieb jedoch dabei, dass er niemals mit einem Bombenanschlag gedroht hatte. Er reichte beim Verwaltungsgericht Hannover Klage gegen die Staatsanwaltschaft Hannover wegen Verstoß gegen das Datenschutzgesetz und auf Widerruf der verleumderischen Äußerung ein. Auch diese Klage landete auf dem Schreibtisch des bereits mehrfach erwähnten Richters Andreas Kleine-Tebbe.

Mit Beschluss 10A 12497/14 vom 18. Mai 2015 lehnte der Richter den Antrag auf Prozesskostenhilfe des Kaufmanns ab. Die beklagte Staatsanwaltschaft Hannover hatte zuvor dem Gericht mitgeteilt, dass es sich ihrer Erkenntnis entziehe, welche Äußerungen der Leiter der Behörde in dem Gespräch mit mir getätigt hätte.

Dies ist an den Haaren herbei gezogen, hatte doch der Pressesprecher der Behörde, Oberstaatsanwalt Thomas Klinge, an dem Gespräch von der ersten bis zur letzten Minute teilgenommen. Der Oberstaatsanwalt wird dafür bezahlt, dass er die Presse- und Öffentlichkeitsarbeit der Behörde verantwortet. Wenn er zu einem fast zweistündigen Gespräch des Behördenleiters mit einer Buchautorin hinzugezogen wird, bestätigt dies den offiziellen Charakter der Besprechung. Auch hat ein Pressesprecher zuzuhören und nicht zu träumen. Die Behauptung der Staatsanwaltschaft, es entziehe sich der Kenntnis der Behörde, welche Äußerungen getätigt wurden, ist daher wenig glaubwürdig. Kein Arbeitnehmer kann es sich leisten, während der bezahlten Dienstzeit bei Besprechungen die Ohren auf Durchzug zu stellen, was jetzt von der Behörde suggeriert wurde. Der Richter hätte die Behauptungen der beklagten Behörde nicht kommentarlos hinnehmen dürfen. Doch genau das tat er.

Auch die übrigen Feststellungen des Richters lassen auf mangelnde Neutralität und Objektivität schließen. *„Bei Frau Raddatz handelt es sich um eine Privatperson, die von der Staatsanwaltschaft erteilten Auskünfte dienten nicht der öffentlichen Aufgabe der Presse zur Berichterstattung und Meinungsbildung in der Öffentlichkeit.“* Bei Pressemitteilungen und Auskünften der Staatsanwaltschaft entfalte die Behörde eine Verwaltungstätigkeit. Dies gelte in meinem Fall nicht, da ich an der öffentlichen Aufgabe zur Meinungsbildung nicht beteiligt sei.

Was bewegte den Richter zu der Annahme, dass meine Sachbücher und mein Internet-Blog mit fast 400.000 Klicks in zwei Jahren nicht der öffentlichen Meinungsbildung dienen? Und was sollte der falsche Hinweis, dass ich bislang nur Romane verfasst hätte?

Kleine-Tebbe nahm auf meinen Internet-Blog Bezug. In diesem wird mein Sachbuch „Treu & Glauben – Hinter den Kulissen eines Wirtschaftsskandals“, das immerhin fast 12.000 Käufer fand, genannt. Nicht einmal das vom Richter genannte Datum des Interviewgesprächs, das ich mit dem Leitenden Oberstaatsanwalt Dr. Fröhlich geführt habe, war korrekt. Er benannte den 23. September 2014, an diesem Vormittag hatte ich nachweislich einen Arzttermin. Das Gespräch bei der Staatsanwaltschaft fand am 24. September statt.

Zwar führte Kleine-Tebbe in seinem Beschluss aus, dass der Betroffene Anspruch auf Unterlassung einer unwahren Tatsachenbehauptung habe, um eine rechtswidrige Störung abzustellen. Dies sei aber vorliegend nicht der Fall. Die Äußerung, dass Mertins einen Bombenanschlag geplant habe, sei wenn überhaupt „nur“ gegenüber Frau Raddatz getätigt worden und sei ersichtlich nicht für die Öffentlichkeit bestimmt.

Wie bereits beschrieben, hatte ich die Staatsanwaltschaft am 22. Juli 2014 offiziell angeschrieben und mitgeteilt, dass ich an einem Sachbuch arbeite und zu drei Justizfällen ganz konkrete Fragen gestellt. Dass Autoren ihre Bücher für die Öffentlichkeit und nicht für den Mülleimer schreiben, dürfte unbestritten sein. Die Auffassung des Richters, ich sei „nur“ Romanautorin und verkörpere daher nicht die Öffentlichkeit, ist im Übrigen mehr als verwegen. Dies gilt auch für seine Feststellung, es sei kein eigeninitiatives Verhalten der Staatsanwaltschaft gegeben. Schließlich sei ich auf die Behörde zugegangen.

Dass die Staatsanwaltschaft einen Bürger gegenüber einer Sachbuchautorin als Straftäter, der einen Bombenanschlag plante, denunzierte, war demnach rechtlich unbedenklich. Bezüglich seiner eigenen Person reagierte der Richter weniger burschikos. Doch dazu später mehr.

Wie nicht anders zu erwarten, scheiterte Mertins mit seiner Beschwerde gegen den Beschluss sowohl beim Verwaltungsgericht Hannover als auch beim Oberverwaltungsgericht Lüneburg. Nachdem er beschieden worden war, dass nicht die Verwaltungsgerichte, sondern Zivilgerichte für die Bewilligung von Prozesskostenhilfe im Zusammenhang mit seinem Verfahren gegen die Staatsanwaltschaft Hannover zuständig seien, reichte Mertins einen entsprechenden Antrag beim Amtsgericht Hannover ein.

Amtsrichter Martin Strube wies den Antrag mit Beschluss 503 C 5986/16 vom 13. Juni 2016 ebenfalls ab. Dem Beschwerdeführer würden hoheitliche Akteure gegenüberstehen. Eine Entscheidung des Amtsgerichts sei daher mangels Zuständigkeit nicht möglich.

Ich schrieb den Amtsrichter am 13. Januar 2017 an und bat um Auskunft zu einigen aus meiner Sicht offenen Fragen.

Eine Antwort blieb aus. Der Richter erhielt indes nicht nur von mir Post, sondern auch von den ‚Kameraden'. Der ‚Kamerad' *G.Boll* schrieb den Amtsrichter am 26. Februar 2017 an und gratulierte ihm zu seinem Beschluss gegen das „*Killerschwein*" Mertins und seine „*minderwertige Brut*". Dank Strube habe die Herrenrasse gesiegt und das Blut der „*Killersau*" und seiner Fortpflanzungsgemeinschaft werde den Boden tränken.

Nachdem das Landgericht Hannover sich der Auffassung des Amtsgerichts angeschlossen hatte, blieb Mertins keine andere Wahl, als erneut einen Antrag auf Prozesskostenhilfe beim Verwaltungsgericht Hannover einzubringen. Nur drei Tage nach Antragstellung teilte Richter Kleine-Tebbe mit, dass das Verfahren abgeschlossen sei und das Verwaltungsgericht nicht mehr tätig werden würde. Der Richter machte es sich einfach. Nach der Verwaltungsgerichtsordnung ist ein Verwaltungsrichter verpflichtet, den Sachverhalt von Amts wegen zu erforschen, notwendige Auskünfte einzuholen und die Beteiligten bei der Wahrheitssuche einzubeziehen.

Wäre der Richter seinen Verpflichtungen nachgekommen, hätte die Staatsanwaltschaft Hannover nicht obsiegen können. Die Behauptung der Staatsanwaltschaft Hannover, man könne zu den Äußerungen des Leitenden Oberstaatsanwalts Dr. Fröhlich gegenüber der Buchautorin nichts sagen, da es an Kenntnis hierüber fehle, war erkennbar unrichtig. Dass eine Führungskraft einer Behörde wie Oberstaatsanwalt Klinge an einem Gespräch teilnimmt und nichts von den Inhalten mitbekommt, ist fernliegend. Zumindest hätte das Gericht diesen merkwürdigen Sachverhalt hinterfragen müssen.

Von korrekten Nachforschungen zum Sachverhalt kann auch deshalb keine Rede sein, weil der Richter in seinem Beschluss unzutreffend feststellt, dass ich nur Romanautorin sei. Auch hat er mich anders, als es das Gesetz vorsieht, als unmittelbar Beteiligte nicht zum Verfahren hinzugezogen.

Dass es dem Richter vorrangig darum ging, die Ermittlungsbehörde vor eventuellen Schadenersatzforderungen zu schützen, liegt auf der Hand.

Die Art und Weise, wie Fakten verdreht beziehungsweise außer Acht gelassen wurden, dürfte ein weiterer Beleg dafür sein, dass es Netzwerke hinter den Kulissen aus Justiz und Verwaltung gibt, die rigoros eingesetzt werden, um Behörden vor Kritik und Beschwerden der Bürger zu schützen. Nach meinem Demokratieverständnis war jetzt ein Einschreiten des Justizministeriums als Hüter von Recht und Gesetz geboten. So schrieb ich ein weiteres Mal die Pressesprecherin des Ministeriums Marika Tödt an. Ich schilderte das Zuständigkeitsgerangel zwischen Verwaltungsgerichten und Zivilgerichten. Die Zuständigkeitsquerelen führten dazu, dass ein Bürger, der auf Prozesskostenhilfe angewiesen sei, keine Chance habe, sein Recht geltend zu machen. Ich wollte wissen, ob in Niedersachsen nur noch wohlhabende

Bürger ihre Rechte vor Gerichten geltend machen können und wie das unwürdige Zuständigkeitsgerangel vom Justizministerium bewertet wurde. Das Ministerium ließ sich über einen Monat Zeit mit seiner Antwort. Abteilungsleiter Detlev Rust, vormals Präsident des Amtsgerichts Braunschweig, teilte mir sodann mit, dass die Bewilligung der Prozesskostenhilfe durch Richterinnen und Richter des für die Hauptsache zuständigen Gerichts erfolgt. Die Klärung der Zuständigkeit obliege dabei den Gerichten. Der Aufgabenbereich des Justizministeriums sei nicht betroffen. Eine überaus zynische Antwort, die eine Klärung meiner Frage, wie zu verfahren ist, wenn sich Gerichte über die Zuständigkeitsfrage nicht einigen, außer Acht ließ.

Ein rechtsuchender, mittelloser Bürger war zum Spielball von Zuständigkeitsquerelen zwischen hannoverschen Gerichten geworden und das zuständige Justizministerium erklärte sich als unzuständig. Offenbar war dem Abteilungsleiter die Webseite seines Ministeriums nicht bekannt. Dort wird festgestellt, dass das Ministerium für die Aufsicht über die Gerichte und Staatsanwaltschaften des Landes zuständig ist. Wofür finanzieren die Bürger mit ihren Steuergeldern hochdotierte Ministerialbeamte, die für die Aufsicht der Gerichte verantwortlich sind, wenn diese sich im konkreten Fall als unzuständig erklären? An Arroganz kaum noch zu überbieten war die Feststellung des Abteilungsleiters, dass der Gerichtsweg jedem Bürger des Landes offenstehe. Hatte ich nicht darauf hingewiesen, dass das für den Bürger Mertins eben nicht der Fall war, weil sich die Gerichte über die Zuständigkeitsfrage nicht einigen können?

Das Verhalten des Justizministeriums ließ erkennen, dass man dort berechtigte Anfragen einer Autorin offensichtlich als Majestätsbeleidigung ansah. Ich war mit fadenscheinigen Argumenten abgespeist worden. Von einer ernsthaften, seriösen Prüfung meines Anliegens konnte keine Rede sein.

Amtsgericht Hannover

Landgericht Hannover

Ein Pädophilenring und Hartgummigeschosse

Als den ‚Kameraden' und ihren Hintermännern klar wurde, dass ich mich durch die Drohkommentare nicht einschüchtern ließ, gewannen die Drohungen an Brutalität. Nicht nur, dass die „Nazikarte" immer unverblümter gespielt wurde, jetzt wurde auch mit dem Einsatz von Hartgummigeschossen gedroht.

Einige ‚Kameraden' schwärmten von der großartigen Wirkung der Hartgummigeschosse, die nunmehr zum Einsatz kommen sollten. Ein *Mario* pries das Online-Portal Migrantenschreck an, in dem man problemlos Waffen kaufen könne. Ob es sich bei Mario um den gesuchten Rechtsextremen Mario Rönsch handelt, war nicht festzustellen. Die Vermutung liegt nahe, gilt Mario Rönsch doch als Gründer dieses Online-Portals. Da die Staatsanwaltschaft Frankfurt zu diesem Zeitpunkt Ermittlungen gegen das Online-Portal Migrantenschreck durchführte, schrieb ich sie an und machte auf meinen Blog und die Kommentare zu dem Portal aufmerksam.

Auch dieses Schreiben fand keine Beachtung. Auf mein Bemühen, mich als verantwortungsvolle Bürgerin zu verhalten, wurde ein weiteres Mal mit herablassender Missachtung reagiert.

Der Kommentator *Theo* teilte am 26. Januar 2017 mit, dass er sich jetzt in dem Online-Portal ein Gewehr mit Hartgummigeschossen gekauft habe. Er ließ wenig Zweifel daran, dass das Gewehr im Kampf gegen Mertins zum Einsatz kommen sollte. Man könne damit problemlos Trümmerbrüche und Querschnittslähmungen herbeiführen, ließ er mich wissen. Ich war beunruhigt. Würden die ‚Kameraden' wirklich so weit gehen und Mertins, seinem kleinen Sohn oder mir als Bloggerin brutale Verletzungen zufügen?

Kurz darauf kündigte einer der ‚Kameraden' an, dass Mertins am Wochenende in seinem Briefkasten nachschauen solle. Als ich mich einige Tage später bei Mertins erkundigte, bestätigte er, dass in seinem Briefkasten zwei Hartgummigeschosse mit den Initialen von sich und seinem Sohn deponiert worden waren. Daraufhin beschloss ich, das geplante Buchprojekt vorerst aufzugeben. Ich wollte nicht verantwortlich dafür sein, dass ein fünfjähriges Kind womöglich mit Hartgummigeschossen traktiert oder gar lebensgefährlich verletzt würde.

Ich erwähnte den Vorfall in einem Blogbetrag und kündigte die Einstellung des Buchvorhabens an, ohne zu erwähnen, dass die Hartgummigeschosse mit den Initialen von Mertins und seinem Sohn versehen worden waren.

Die Reaktion der ‚Kameraden' ließ nicht lange auf sich warten. Mein Beitrag sei falsch. Ich hätte verschwiegen, dass die Hartgummigeschosse mit den Initialen der Empfänger, für die sie bestimmt seien, versehen worden waren. Tatsächlich hatte ich diese Information nicht erwähnt. Nur der Täter konnte davon wissen. Dies zu ermitteln, wäre Aufgabe der Polizei gewesen. Da von dort keine Unterstützung zu erwarten war, nahm ich das Heft selbst in die Hand und schrieb *Jens Röpke* an. *Röpke* war einer der ‚Kameraden', dessen Wegwerfmailadresse nicht gelöscht worden war, mit dem ich daher kommunizieren konnte. Ich appellierte an ihn, davon abzusehen, Hartgummigeschosse einzusetzen. Noch hätten seine ‚Kameraden' und er zwar Straftaten, aber keine Gewalttaten begangen und sollten nicht so töricht sein, dies zu tun. Die Antwort ließ nicht lange auf sich warten. *Jens* schrieb mir, dass ich ihn und seine ‚Kameraden' nur noch nerven würde. Man mache das Ganze keineswegs zur Unterhaltung und sein Kamerad werde mir in Kürze ein Beweisstück der Ernsthaftigkeit ihrer *„Arbeit"* zukommen lassen. Danach könne ich mich wieder bei Landespolizeipräsident

Binias und Polizeipräsident Kluwe ausheulen - wie immer ohne Erfolg, da die beiden Herren nicht auf meiner, sondern auf Seite der ,Kameraden' stünden.

Auch wenn ich mich niemals bei den Herren ausgeheult hatte, was schon deshalb nicht möglich war, da es keine Gespräche in der Sache zwischen uns gegeben hatte, war ich zumindest beruhigt, dass die ,Kameraden' offenbar nicht ernsthaft planten, Waffen zum Einsatz zu bringen. Zu diesem Zeitpunkt wusste ich allerdings nicht, dass *Volker L.* seine ,Kameraden' *Jens* und *Bernd* - von ihm mit dem Kosenamen *Bernie* bedacht - angeschrieben und dazu geraten hatte, wegen des „*Killerbalgs*" Kontakt zum Pädoring aufzunehmen. Dem Pädoring sollten die Daten des Kindes bekannt gegeben werden. Bemerkenswerterweise erwähnte *Volker L.* nicht einen Pädoring, sondern den Pädoring. Dies deutete darauf hin, dass die Herren tatsächlich Verbindungen zu einem solchen Netzwerk hatten. Der Pädoring könne sich um die „*Brut*" kümmern und die ,Kameraden' müssten den Dreck nicht selber beseitigen, schrieb *Volker L.*.

Zugleich teilte er ihnen mit, dass die Kameradin *Claudia* die Landtagsabgeordnete Filiz Polat angeschrieben habe - von ihm als die Türkin bezeichnet -, um der mal zu erklären, wie das Leben funktioniert. Woher die ,Kameraden' wussten, dass ich die Abgeordnete tatsächlich Ende 2016 aufgesucht und um ihre Unterstützung gebeten hatte, entzog sich meiner Kenntnis. Sie können dies nur aus dem Landtag oder dem Justizministerium erfahren haben.

Die Abgeordnete hatte mir zwischenzeitlich mitgeteilt, dass sie mit dem Sicherheitsdienst des Landtages und dem Justizministerium in der Sache gesprochen habe. Schon wieder kam der Sicherheitsdienst des Landtages ins Spiel. War er es doch gewesen, der laut Aktenlage erstmals die Behauptung aufgestellt hatte, dass Mertins damit gedroht habe, den Justizminister und sich selbst in die Luft zu sprengen. Auf Nachfrage bestätigte Frau Polat, dass eine *Claudia* sie angeschrieben hatte. Das Schreiben von *Claudia W.* wurde mir später zugespielt, wie bereits beschrieben. Kamerad *Jens* teilte *Volker L.* kurz darauf mit, dass man ein Problem habe. *Claudia* habe ihrem Schreiben an die *„Scheißtürkin"* die falsche Anlage beigefügt. Gemeint war die falsche Version des Berichts an den Landtag.

Hatte es bis dahin noch irgendwelche Zweifel gegeben, waren die jetzt ausgeräumt. Die ‚Kameraden', die jetzt sogar einen Pädoring einschalten wollten, mussten über Verbindungen in die Landesverwaltung verfügen. Auch waren sie sicher, dass die Polizeidirektion nichts unternehmen würde. *„Wir wissen, dass die Polizeibeamten um Haunschild schweigen werden"* schrieb der Kamerad, der auch die Verwendung von Hartgummigeschossen ins Spiel gebracht hatte. Auch *Sarah*, die sich bereits zuvor mit Drohmails und Insiderwissen hervorgetan hatte, frohlockte, dass Polizeidirektor Haunschild den ‚Kameraden' den Rücken frei halte.

Doch was hat es mit der Einschaltung des Pädorings auf sich? Und was mit den andauernden Hinweisen über pädophile Neigungen der beteiligten Richter?

Pädophile Amtsträger dürfen nicht im Amt bleiben, hat das Bundesverfassungsgericht am 19. Juni 2015 im Zusammenhang mit einem Polizisten geurteilt, der im Besitz von pornografischen Bildmaterial mit Kindern war. Und das Oberverwaltungsgericht Lüneburg hat einem Polizeibeamten aus diesem Grunde die Ruhebezüge aberkannt (Nds. OVG, 12. März 2013, 6 LD 4/11).

Das von den ‚Kameraden' angekündigte Beweisstück, wie ernst es ihnen mit der Ausschaltung von Mertins und der Bedrohung seines Sohns war, ließ nicht lange auf sich warten. Am 18. April 2017 schickte *Volker L.* mir ein Foto eines kleinen blonden Jungen und forderte mich auf, mir das Bild anzuschauen. Es sei im Darknet eingestellt, damit die Pädophilen sich daran ergötzen könnten. „*Sollen sich die Pädophilen an dem Scheißkind reiben, bevor sie sich an arischen Kindern vergehen.*“

Es machte mich stutzig, dass ich während meiner Recherchen zu dem Fall immer wieder auf Hinweise zu einem Pädophilenring stieß. Der Investigativ-Autor Jürgen Roth berichtete mir, dass er selbst zu dem Thema recherchiert habe, aber es fast unmöglich sei, Ross und Reiter offen zu legen. Es sei im Übrigen nicht ungefährlich, im Umfeld von Pädophilen-Netzwerken zu recherchieren. Er riet mir zu höchster Vorsicht. Tatsächlich sind überraschend viele Journalisten, die Pädophilen-Netzwerken auf der Spur waren, plötzlich verstorben. Zuletzt der Journalist Udo Ulfkotte, der zu Pädophilen-Netzwerken in Deutschland und unter den Europapolitkern recherchiert hatte.

Auch wurde wenig später bekannt, dass hessische Ermittlungsbehörden eine Darknet-Plattform zum Austausch von Kinderpornografie gesprengt hatten. Die knapp 90.000 Mitglieder sollen nicht nur Fotos mit missbrauchten Kindern ausgetauscht haben, sondern auch Videos, in denen Kleinkinder aufs Schändlichste missbraucht wurden. Rund 200.000 Männer in Deutschland sollen pädophile Neigungen haben. Es handelt sich um eine psychische Störung, für die immer mehr Kliniken in Deutschland Behandlungskonzepte anbieten, so auch die Medizinische Hochschule in Hannover. Ich nahm mit entsprechenden Organisationen wie der Hilfsorganisation ‚innocene in danger' Kontakt auf und bat um Rat und Unterstützung, da ich davon ausgehen musste, dass ein fünfjähriges Kind im Darknet mit Foto und Adresse angeboten wurde. Obwohl ich die Organisation ein weiteres Mal anschrieb, reagierte auch sie nicht auf meine Anfrage. Die unbeantworteten Anfragen und Mails von mir füllten inzwischen Bücherschränke. Was ist los in diesem Land, fragte ich mich immer nicht zum ersten Mal. Berührt es tatsächlich niemand, wenn ein fünfjähriges Kind wahlweise mit Ersticken, Abschlachten und Auslieferung an einen Pädoring bedroht wird?

Urlaubsbedingt erhielt ich die Mail von *Volker L.* mit einer Verzögerung von zehn Tagen. Ich kannte Mertins Sohn nicht und leitete dem Vater das Foto zu. Der bestätigte, dass es sich um seinen Sohn handelte, dessen Foto laut *Volker L.* ins Darknet für Pädophile eingestellt worden war. Mertins war verständlicherweise außer sich.

Die an mich gerichtete Mail war zeitgleich und in Kopie an den Landespolizeipräsidenten Uwe Binias, die Präsidentin des Verwaltungsgerichts Hannovers Hannelore Kaiser, den Leitenden Oberstaatsanwalt Thomas Klinge und weitere Repräsentanten der Justiz gegangen.

Weshalb der Landespolizeipräsident Mertins nicht informiert hatte, war mir ein Rätsel. Was wäre passiert, wenn der kleine Junge tatsächlich in die Hände von Pädophilen geraten wäre? Die Adresse des Kindes war zuvor unter den ‚Kameraden' bekannt gegeben worden. Oder sollten die ‚Kameraden' am Ende Recht haben und es gab tatsächlich Kontakte zwischen ihnen und Polizeibeamten, die daher über mehr Wissen verfügten als ich? War der Polizei bekannt, dass die ‚Kameraden' nur drohten, das Kind aber tatsächlich keinem Pädoring aushändigen würden? Nur weshalb nutzten sie dann ihr Wissen nicht, um den verständlicherweise beunruhigten Vater die Sorgen zu nehmen?

Staatsanwaltschaft
Hannover

Unterstützung durch ‚Reichsbürger'

Nicht nur ein Pädophilenring wurde von den ‚Kameraden' eingeschaltet, auch die ‚Reichsbürger' wurden instrumentalisiert. Am 12. März 2017 schrieb *Volker L.* den ‚Reichskanzler' Norbert Schittke an. Die sogenannten ‚Reichsbürger' wurden in der Bundesrepublik Deutschland lange Zeit als eine Gruppe verwirrter Spinner belächelt. Sie erkennen die Verfassung und die Institutionen der Bundesrepublik Deutschland nicht an. Nach ihrer Überzeugung ist Deutschland ein besetztes Land. Sie fordern als Voraussetzung für einen Friedensvertrag mit den Siegermächten des 2. Weltkrieges die Grenzen von 1937 wieder herzustellen. Die politische und gesellschaftliche Bewertung der ‚Reichsbürger' änderte sich, als Ende 2016 ein ‚Reichsbürger' in Bayern im Zuge einer polizeilichen Routinemaßnahme auf vier Polizeibeamte schoss. Einer der verletzten Beamten verstarb wenig später an den Folgen des Angriffs. .Auch in anderen Bundesländern machten ‚Reichsbürger' mit Angriffen auf Polizisten auf sich aufmerksam.

In Niedersachsen soll es nach Angaben der Landesregierung rund 500 ‚Reichsbürger' geben, ihre Zahl hat zuletzt leicht zugenommen. Anfang 2017 wurde bekannt, dass gegen eine Polizeibeamtin aus Braunschweig Ermittlungen aufgenommen wurden, weil sie den ‚Reichsbürgern' nahestehen soll. Naturgemäß tendieren die ‚Reichsbürger', die dic Herstellung der Grenzen von 1937 fordern, zu rechtsextremen Gedankengut, auch wenn dies nicht für alle gilt. Der niedersächsische Innenminister Boris Pistorius erklärte im Februar 2017 im Landtag, dass es unter den niedersächsischen ‚Reichsbürgern' nur vereinzelt rechtsextreme Personen gäbe. Diese Auffassung verwundert. Immerhin lebt der Kopf der eher am rechten Rand verankerten „Exilregierung Deutsches Reich" Norbert Schittke in Diekholzen bei Hildesheim. Und die „Exilregierung" ist eine bedeutende Gruppierung innerhalb der ‚Reichsbürger'. Auch Schittkes enger Gefolgsmann Günter Bornholdt ist niedersächsischer Bürger. Der „Exilregierung Deutsches Reich" werden nicht nur Verbindungen zu rechtsradikalen Gruppierungen nachgesagt, sondern sie gilt als Nährboden für rechtsextremes und antisemitisches Gedankengut. Dies stellte der Thüringer Verfassungsschutz 2009 in seinem Verfassungsschutzbericht fest. Auch der niedersächsische Verfassungsschutz bezeichnete die „Exilregierung Deutsches Reich" wiederholt als rechtsextremistisch.

Schittke, ein Rentner, der auf Sozialbezüge angewiesen sein soll, bezeichnet sich als „Reichskanzler der Exilregierung Deutsches Reich". Er war es auch, der die „Exilregierung" im Jahre 2004 aus der Taufe hob. Acht Jahre später wurde er von seinen Gefolgsleuten aus dem Amt gejagt. Man warf ihm Amtsmissbrauch, Unterschlagung und die Anstiftung zu Straftaten vor. Wie aus einer Pressemitteilung der „Exilregierung" aus dem Jahre 2012 hervorgeht, wurde er mit einer Mehrheit von fast 80 Prozent seines Amtes enthoben.

An *Volker L.*, Leiter der ‚Kameraden'-Gruppe, die Mertins und sein Kind eliminieren will, war die Amtsenthebung Schittkes offenbar vorbeigegangen. Er schrieb am 11. März 2017 „Reichskanzler" Schittke an und bat ihn um Unterstützung der ‚Reichsbürger' in *„unserem Heimatort Hannover". „Seit nunmehr acht Jahren versuchen wir einen Bombenattentäter aus Hannover auszuschalten*" teilte er Schittke mit. Er verwies dazu auf einen Vermerk, der ein offizielles Dokument der (Reichs)Polizei sei. Zuerst habe man es mit wirtschaftlichem Druck auf Mertins versucht und seit ca. einem Jahr übe man psychischen und physischen Druck auf *„den Bombenleger, seine Missgeburten und seine bolschewistische Schlampe*" aus, ließ *Volker L.* den ‚Reichskanzler' wissen. Jetzt wisse man einfach nicht weiter. Meine Blogbeiträge schadeten der Sache, erklärt er, und seine ‚Kameraden' würden seit Wochen mit entsprechenden Kommentaren gegenarbeiten.

Besonders interessant sind *Volkers* Ausführungen zu den Landesbediensteten. Diese hätten zwar anfangs um Zurückhaltung gebeten, hätten jetzt aber die reale Gefahr erkannt und stünden hinter den ‚Kameraden'. Wie kann es sein, dass die Behördenvertreter erst acht Jahre nach einem angeblich geplanten Bombenattentat die „reale Gefahr" erkannt haben? Oder geht es den Behörden gar nicht um die angebliche Gefahr, die von Mertins ausgeht? Geht es vielmehr um meine Berichterstattung?

Als Beleg für seine Behauptung führte *Volker* zwei E-Mails ins Feld, die er u. a. an die Präsidentin des Verwaltungsgerichts Hannover, den Landespolizeipräsidenten Uwe Binias, Oberstaatsanwalt Thomas Klinge und den Verwaltungsrichter Andreas Kleine-Tebbe gerichtet hatte. Hier fände Schittke das „Who is Who" der niedersächsischen Justiz und Politik. Doch trotz der starken politischen Unterstützung - so *Volker L.* - käme man nicht weiter.

Er sei sich sicher, dass der ‚Reichskanzler' Kontakte zu den Behörden habe und daher die Echtheit der Unterlagen prüfen könne, schreibt *Volker L.*. „*Wir brauchen Ihre Unterstützung und die Ihrer Kameraden* (‚Reichsbürger') *in Hannover.*" Die Behörden bis hin zur Justizministerin würden nicht eingreifen, ist er überzeugt. Sodann äußerte er die Bitte, dass sich die ‚Reichsbürger' mit aufmunternden Kommentaren an die Richter Kleine-Tebbe und Muhsmann wenden, damit diese nicht „*frustriert wegbrechen würden*". Der ‚Reichskanzler' könne jederzeit weitere Behördenunterlagen einsehen. Er werde die benötigten Akten bei den Behörden einfordern, versicherte *Volker L.* Schittke. Die Unterstützung der Staatsbeamten sei gesichert. Sodann bittet er den

‚Reichskanzler', einen seiner Männer für den Kampf gegen Mertins abzustellen. Abschließend äußerte *Volker L.* seine tiefe Bewunderung für die Arbeit Schittkes als ‚Reichskanzler' und äußerte die Hoffnung, dass nach den bevorstehenden Wahlen die Zeit für die ‚Reichsbürger' kommen werde.

Man könnte das Schreiben in der Rubrik satirische Unterhaltung ablegen, dem steht jedoch gegenüber, dass die ‚Reichsbürger' als zunehmend gefährlich eingeschätzt werden. Mich jedenfalls beunruhigte es, auf der Liste der Gegner von ‚Reichsbürgern' zu stehen.

Schittke fackelte nicht lange und handelte. Er beauftragte seinen „Minister ohne Geschäftsbereich" Günter Bornholdt, mit der ‚Kameraden'-Gruppe um *Volker L.* Kontakt aufzunehmen. Die ‚Reichsbürger' sollten die gewünschte Hilfe gewähren, zumal man die ‚Kameraden' in die Arbeit der ‚Reichsbürger' einbinden und auf diese Weise den *„Gau Hannover"* stärken könne.

Und tatsächlich nahm die Zahl rassistischer Morddrohungen in meinem Internet-Blog in den folgenden Wochen deutlich zu. *Volker L.* selbst bedankte sich artig beim ‚Reichskanzler' Schittke und dessen ‚Reichsminister' Bornholdt für die zugesicherte Unterstützung in ihrem Kampf. Man habe dies mit großer Erleichterung zur Kenntnis genommen. Die angebliche Autorin Bettina Raddatz habe nach seinem Dafürhalten *„eine Gehirnwäsche durchlaufen"* und führe einen *„Partisanenkampf"*. Die Behördenmitarbeiter stünden bis auf die Justizministerin Niewisch-Lennartz, die alles auf kleiner Flamme koche, voll hinter den ‚Kameraden'. Sie würden der Autorin schon lange nicht mehr glauben.

Der Schriftwechsel liegt mir vor und ist auszugsweise in der Materialsammlung in meinem Internet-Blog nachzulesen.

Unklar blieb für mich, welche Unterstützung die ,Reichsbürger' den ,Kameraden' konkret zugesagt hatten. Dass es ,Reichsbürger' gab, die bereit waren, Gewalt anzuwenden, hatten Vorfälle der jüngsten Vergangenheit bis zu einem Polizistenmord gezeigt.

Würden sie jetzt der angeblichen *„Partisanin"* Raddatz und den *„Bombenleger"* Mertins womöglich Gewalt antun oder beschränkte sich die zugesagte Unterstützung auf Hasskommentare? Die Ungewissheit bereitete mir Sorgen und ich schrieb das Bundesverfassungsamt an, da es dort ein Referat eigens für die Beobachtung der ,Reichsbürger' gab.

Da ich Namen und Adresse des Referatsleiters nicht hatte, wandte ich mich an den Pressesprecher der Behörde. Zugleich teilte ich ihm mit, dass ich auf Grund der Vorfälle in die niedersächsischen Behörden kein Vertrauen mehr hätte und mich deshalb an die Bundesbehörde wenden würde. Die zugesagte Unterstützung der ,Reichsbürger' empfände ich als beunruhigend, schrieb ich und bot der Behörde an, den Schriftwechsel zwischen *Volker L.* und den ,Reichsbürgern' zur Verfügung zu stellen.

Die Behörde ließ mich nicht nur im Stich, sie zog mein Anliegen ins Lächerliche. Sie leitete meine E-Mail, in der ich meine Besorgnis über die Verbindungen der ,Kameraden' mit augenscheinlich guten Kontakten zu Landesbehörden zu den ,Reichsbürgern' geschildert hatte, umgehend ans niedersächsische Innenministerium an die Beschwerdestelle für Bürger weiter. Sie seien nicht zuständig, ließen sie mich wissen. Fast zeitgleich aber verkündete das Bundesamt für Verfassungsschutz, dass es einen weiteren Anstieg der Gewalttaten von ,Reichsbürgern' befürchte, da es eine steigende Gewaltbereitschaft bei den ,Reichsbürgern' ausgemacht hätte. Das Bundeskriminalamt sprach in einer Pressemitteilung sogar davon, dass von rechtsextremen Reichsbürgern eine Terrorgefahr ausgehe. Allzu groß schien die Besorgnis allerdings nicht zu sein, wenn man an Schriftstücken, in denen der sogenannte ‚Reichskanzler' einen ‚Reichsbürger' beauftragt, eine Gruppe von ‚Kameraden' dabei zu unterstützen, den Bürger Mertins auszuschalten, kein Interesse zeigte. Falls der deutsche Verfassungsschutz auch mit anderen Informanten so umspringt, darf man sich über die andauernden Pannen im Kampf gegen islamistische Terroristen nicht wundern.

Die Bevölkerung hat guten Grund, sich Sorgen zu machen, ob eine Behörde, die derart schlampig mit Informationen über eine laut eigenem Bericht gefährliche Gruppe umgeht, überhaupt dazu in der Lage ist, für ihre Sicherheit zu sorgen.

Von den Behörden allein gelassen, beschloss ich, in die Offensive zu gehen. Ich schrieb den ‚Reichskanzler' an und konfrontierte ihn mit seiner Zusage, die ‚Kameraden'-Gruppe aus Hannover beim Kampf gegen Mertins und seinen fünfjährigen Sohn zu unterstützen. Nach meiner Kenntnis hätten die ‚Reichsbürger' bislang von Gewalttätigkeiten gegen deutsche Bürger und deren Kinder abgesehen, Polizeibeamte ausgenommen. Ich fragte Schittke, ob die ‚Reichsbürger' ihre diesbezügliche Strategie geändert hätten.

Auch wenn keine Antwort erfolgte, brachte mein Schreiben offenbar das gewünschte Ergebnis. Die Hasskommentare wurden fortan weniger und ich war zuversichtlich, dass die Herren Schittke und Bornholdt ihre zugesagte Unterstützung rückgängig machten. Angriffe auf Normalbürger passten nicht in die ideologische Welt der ‚Reichsbürger'.

Dennoch wäre es Aufgabe des niedersächsischen Verfassungsschutzes und der Polizeibehörden gewesen, mit den

‚Reichsbürgern' Schittke und Bornholdt eine Gefährderansprache zu führen. Immerhin war den Behörden bekannt, dass der fünfjährige Sohn von Mertins an einen Pädophilenring ausgeliefert und Mertins selbst *„ausgeschaltet"* werden sollte. Ihr Verhalten zeigte mir, dass die Vertuschung der Ermittlungspannen aus den Jahren 2008/2009 den niedersächsischen Behörden offensichtlich wichtiger war als der Schutz bedrohter Bürger.

Auch schien das Interesse, die Identität der ‚Kameraden' festzustellen, gering zu sein. Mich selbst interessierte es hingegen brennend, zu erfahren, wer sich hinter *Volker L.*, *Bernd Herstedt*, *Jens Röpke* und den anderen ‚Kameraden' verbirgt.

Die Täter und ihre Netzwerke

Wer verbirgt sich hinter *Volker L.*, wer hinter *Bernd Herstedt*, *Jens Röpke*, *Claudia Winter* und den anderen ‚Kameraden'? Noch mehr aber interessierte mich die Frage, worauf deren Hass gegen den Kaufmann Mertins und seine Familie beruhte. Handelten sie womöglich auf Anweisung von oben? Diese Fragen ließen mir keine Ruhe, seitdem ich im August 2016 mit der ersten Drohmail konfrontiert wurde.

Die von einigen geäußerte Vermutung, dass es sich bei der Gruppe um rechtsextreme ‚Kameraden' handelt, die ihren Hass auf die Gesellschaft auslebten, indem sie Mertins und sein Kind mit Morddrohungen überzogen, verwarf ich schon bald. Dagegen sprach allein schon der Brief, mit dem *Volker L.* sich an den ‚Reichskanzler' gewandt hatte. Dort schrieb er, dass die Gruppe seit nunmehr acht Jahren versuche, Mertins auszuschalten. Und tatsächlich war auf den Kaufmann in Jahre 2009 geschossen worden. Auch wenn die Täter nicht ermittelt wurden, liegt die Vermutung nahe, dass die ‚Kameraden' mit dem Angriff was zu tun hatten.

Doch warum wollten sie Mertins ausschalten? Und weshalb noch neun Jahre nach dem von ihnen als Schreckensnacht von Hannover bezeichneten Dezemberabend im Jahre 2008? Dass Mertins kein Bombenattentäter war, dürfte auch der Gruppe klar gewesen sein. Hätte Mertins tatsächlich einen Sprengstoffanschlag geplant, wären die Ermittlungen nicht bereits am selben Tag, als sie aufgenommen worden waren, wieder eingestellt worden. Selbst die Ermittlungen gegen den Kaufmann wegen angeblicher Nötigung waren nach kurzer Zeit wieder eingestellt worden. Nach Staatsanwalt Streufert hatte auch Staatsanwältin Markworth mit Verfügung vom 07.01.2009 festgestellt, dass der Beschuldigte Mertins am 12.12.2008 im niedersächsischen Justizministerium angerufen und 400.000 Euro als

Schadensersatz im Zuge der Amtshaftung gefordert und damit gedroht habe, sich im Landtag anzuketten. Es seien aber keine konkreten Angriffe erfolgt und auch keine Waffen bei dem Beschuldigten festgestellt worden. Man werde das Ermittlungsverfahren daher einstellen.

Festzuhalten ist also, dass die Staatsanwaltschaft im Januar 2009 nicht einmal den Strafvorwurf der Nötigung aufrechterhielt.

Dass der Leiter der Staatsanwaltschaft Hannover Dr. Fröhlich trotzdem fünf Jahre später im September 2014 in seinem Gespräch mit mir behauptete, dass Mertins sehr wohl mit einem Bombenanschlag gedroht habe, wirft Fragen auf.

Warum das Ganze? Handelte es sich um einen Irrtum oder war der Leitende Oberstaatsanwalt von seinen Mitarbeitern falsch informiert worden? Denkbar ist auch, dass er mich davon abhalten wollte, ein Buch über den Justizfall zu schreiben und weitergehende Recherchen anzustellen.

Doch was bewegte die ‚Kameraden' nach neun Jahren noch immer darauf zu beharren, dass Mertins ein Bombenattentäter ist, ihn trotz gegenteiliger Faktenlage weiterhin als *„Terrorist"* und *„Bombenkiller"* zu bezeichnen und mit seiner Ausschaltung zu drohen?

Wenn es nur ein Täter wäre, könnte man einen krankhaften Realitätsverlust einer Person mit einer bipolaren Persönlichkeitsstörung vermuten. Doch es handelt sich nicht um eine Person, sondern um eine Tätergruppe, der mindestens zehn Personen angehören dürften. Die Vehemenz, mit der diese Personen immer wieder Hasskommentare und rassistische Morddrohungen in meinem Blog von sich gaben, spricht für ein abgesprochenes Vorgehen. So schrieb *Volker L.* an den ‚Reichskanzler', dass seine ‚Kameraden' seit Monaten mit Kommentaren gegen meine Berichte *„gegen zu* *arbeiten versuchten*". Dass eine Strategie hinter den Aktionen der ,Kameraden' steht, wird auch daran deutlich, dass sie einen Hashtag „#bestievonbemerode" ins Leben gerufen haben. Dort tauschte man sich darüber aus, Mertins und seinen Sohn ausfindig zu machen, um ihnen Gewalt anzutun.

Auch bin ich bei meinen Recherchen auf Schreiben zwischen *Volker L.* und seinen ,Kameraden' *Bernd Herstedt*, von ihm Bernie genannt, *Jens Röpke* und *Claudia Winter* gestoßen. Einige Schreiben sind in der Materialsammlung in meinem Internet-Blog eingestellt. Es handelte sich demnach um eine Gruppe und nicht um einen Einzeltäter.

Gegen die von einigen geäußerte Vermutung, dass sich gewaltbereite Rechtsextreme in meinem Blog austobten, sprachen die Insiderkenntnisse aus Polizei- und Gerichtsakten, über die die ,Kameraden' zweifelsfrei verfügten. Woher hatte *Peter Neub* die internen Vermerke der vormaligen Referatsleiterin (und heutigen Richterin am Oberlandesgericht Celle) Wiegand-Schneider und diverse Mails aus dem Justizministerium, die er mir im August 2016 geschickt hat, wenn nicht aus dem Ministerium selbst? Es gibt strikte Regeln für die Aufbewahrung von Akten in den Ministerien und Landesbehörden. Auch gilt es, das Datenschutzgesetz zu beachten. Vorgänge, die einen Bürger betreffen, können nicht einfach unbeteiligten Dritten oder gar der Öffentlichkeit zur Verfügung gestellt werden.

Hinzu kommt, dass ein Polizeikommissar Neubert mit dem Vorgang Mertins im Innenministerium befasst war. In einem Vermerk des Innenministeriums P 23.13 – 01425/4 vom 28.12.2010 hat er zu einer Eingabe des Kaufmanns an den Niedersächsischen Landtag Stellung genommen. Bemerkenswert darin ist die Bestätigung des Polizeikommissars, dass eine Mitarbeiterin der Sicherheitsfirma des Niedersächsischen Landtages den Sachverhalt, der die umfassenden Polizeimaßnahmen des 12. Dezember 2008 nach sich zog, an die Polizei weitergegeben hatte. Neubert selbst sprach von Erpressung und davon, dass Mertins angekündigt hätte, sich am Landtag anzuketten und die Presse einzuschalten. Diese Ankündigung habe zu den polizeilichen Maßnahmen geführt. Eine Bombendrohung wurde nicht erwähnt.

Ging es also in Wirklichkeit darum, den Kaufmann daran zu hindern, sich am Landtag anzuketten und die Presse einzuschalten? Wurde die folgenschwere Anschuldigung, er habe den Justizminister in die Luft sprengen wollen, nur aus politischem Kalkül in die Welt gesetzt?

Was die Unterlagen aus dem Justizministerium betrifft, die *Neub* mir übermittelte, war insbesondere der bereits erwähnte Vermerk der vormaligen Referatsleiterin Annette Wiegand-Schneider bemerkenswert. *Neub* schickte mir zudem eine E-Mail der Referatsleiterin vom 20. März 2009. Hierhin mokiert sich Wiegand-Schneider bei ihren Kollegen Claus-Peter Hage, Leiter des Hauptbüros des Justizministeriums, und dem für Sicherheitsfragen zuständigen Ministeriumsmitarbeiter Hubert Kaune über eine Pressemitteilung von Mertins. So schrieb sie, wie bereits erwähnt: „*Und hier das Wort zum Freitag. Was ich nicht lese, beleidigt mich nicht.*“

Unmutsäußerungen einer Referatsleiterin über einen als lästig empfundenen Bürger sind im Prinzip nicht zu beanstanden und durch die Meinungsfreiheit gedeckt. Auch ich habe während meiner Tätigkeit in der Staatskanzlei manchen Bürger als anstrengend empfunden und daraus gegenüber meinen Mitarbeitern keinen Hehl gemacht. Bedenklich aber ist es, wenn eine Person, die zugleich in meinem Blog die „*Ausschaltung*“ eines Bürgers fordert, über interne Unterlagen dieser Art verfügt und sie gegen den Bürger einsetzt. *Neub* hatte unmissverständlich zum Ausdruck gebracht, dass er mit der Übersendung der Unterlagen die Einstellung der Berichterstattung über den Fall erreichen wollte. Zeitgleich hatte er zudem in einem Kommentar in meinem Blog die „*Ausschaltung*" des Kaufmanns gefordert.

Das Justizministerium selbst teilte mir auf meine Hinweise bekanntlich mit, dass es keine Anhaltspunkte für die Beteiligung von Behördenmitarbeitern an den Vorgängen gebe. An dieser Auffassung hielt das Ministerium sogar noch im Juni 2017 fest. In dem in der Materialsammlung zu meinem Buch enthaltenen Schreiben vom 15. Juni 2017 bekräftigte Abteilungsleiter Rust, dass „*weiterhin keine Anhaltspunkte für eine Beteiligung der Mitarbeiterinnen und Mitarbeiter der niedersächsischen Justiz an den Drohungen bestehen.*"

In Anbetracht der Vielzahl von Insidererkenntnissen, Zitaten aus internen Polizeiakten mit Benennung von Blattnummern und Vorfällen aus der sogenannten Schreckensnacht, über die nur Insider informiert sein können, ist diese Feststellung an Ignoranz kaum noch zu überbieten. Allerdings befürchte ich, dass nicht Ignoranz für die peinliche Stellungnahme des Abteilungsleiters ausschlaggebend war, sondern schlimmer noch Arroganz. Dem Thema der Arroganz von Behörden im Umgang mit Bürgern werde ich mich ausführlicher im vorletzten Kapitel widmen. Anzumerken ist noch, dass ich bereits Mitte November 2016 den Abteilungsleiter der Polizeidirektion Hannover, Michael Haunschild, auf die Unterlagen von *Neub* und meine Vermutung hingewiesen hatte, dass ein Zusammenhang mit der Person des damaligen Kriminalkommissars Neubert nicht auszuschließen sei. Eine Antwort hierzu ist niemals erfolgt.

Halten wir uns die Insidererkenntnisse vor Augen, über die die ‚Kameraden' um *Volker L.* verfügen, wird deutlich, dass eine Beteiligung von Behördenmitarbeitern an den Morddrohungen und sonstigen Straftaten der ‚Kameraden' mit an Sicherheit grenzender Wahrscheinlichkeit gegeben ist. Nachfolgend sind einige der von den ‚Kameraden' preisgegebenen Insiderkenntnisse aufgeführt.

Peter Neub schreibt am 23. August 2016, dass der einzige Fehler der am 12. Dezember hinzugezogenen SEK-Beamten darin bestanden habe, dass sie *„Mertins vor Ort nicht gleich eliminiert"* hätten. Niemals war in meinem Blog bis zu diesem Tag vom Einsatz von SEK-Beamten der Rede. *Neub* kann davon nur durch Insider der Polizei oder Justiz erfahren haben.

Der ‚Kamerad' *Franz H.* verweist in seinem Kommentar vom 19. Oktober 2016 darauf, dass der SEK-Beamte Michael Behrens Olaf Mertins in einem Bericht als „Feigling" bezeichnet habe. Auch sei ihm beim Lesen der Akten aufgefallen, dass der Vater von Mertins aus Osteruropa stamme. Auch diese Tatsache war zuvor niemals erwähnt worden, sie war nicht einmal mir bekannt. Tatsächlich ist Mertins Vater in Brünow (ehemals Pommern) geboren und zum Kriegsende wie Millionen anderer Deutscher in den Westen geflüchtet. Der Hinweis, dass Mertins' Vater im Osten geboren wurde, findet sich in der Polizeiakte in dem bereits erwähnten Vermerk 200801745810-001 vom 12.12.2008 von Polizeikommissar Kahn.

Sollte es zutreffen, dass der ‚Kamerad' *Franz H.* kein Behördenmitarbeiter ist, würde dies einen ausgesprochen schlampigen Umgang der Polizeidirektion mit den Polizeiakten bedeuten, der die Landesbeauftragte für den Datenschutz auf den Plan rufen müsste.

Wenn sich ein Kommentator am 27.10.2016 massiv darüber beschwert, dass er am 12.12.2008 die Chance gehabt hätte, Mertins auszuschalten, aber genötigt worden sei, Akten „*anzupassen*“ und Zeugenaussagen zu kürzen, lässt auch das auf polizeiinternes Insiderwissen schließen: „*Wir hatten Mertins vor der Flinte und dreimal die Chance, ihn auf dem Waterloo-Platz auszuschalten.*“ Mertins hat auf dem Weg ins Ministerium tatsächlich den Waterloo-Platz überquert. Wer außer den beteiligten Polizeibeamten und Mertins selbst kann das wissen?

Mehrfach wird aus dem Kreis der ‚Kameraden' erwähnt, dass man leider die Adresse des „*Killers*“ nicht aktualisiert habe. Dies sei der Überlastung der Geschäftsstelle geschuldet, schreibt Kameradin *Sarah* gleich mehrfach. Am 10.02.2017 teilt sie dann stolz mit, dass das Versäumnis der Geschäftsstelle nun ausgebügelt worden sei. Man habe die korrekte Adresse jetzt auch unter dem Hashtag „#bestievonbemerode“ eingestellt. Auch hieran ist bemerkenswert, dass sowohl das Verwaltungsgericht Hannover als auch das Amtsgericht und Landgericht Hannover noch bis Ende 2016 eine alte Adresse von Mertins verwendet haben, das Landgericht sogar noch 2017. Erst nachdem *Sarah* in einem Kommentar mitteilte, dass man das Versäumnis nunmehr ausgebügelt habe, wurde die korrekte Adresse von den Geschäftsstellen der Gerichte verwendet. Trotzdem zu behaupten, dass es keinerlei Anhaltspunkte dafür gebe, dass Mitarbeiterinnen oder Mitarbeiter der Justiz mit den ‚Kameraden' in Verbindung stehen oder Mitglieder der Gruppe sind, ist mehr als verwegen.

Kamerad *H.P.* zitiert aus dem Polizeibericht an den Landtag und erklärt zugleich, das Verwaltungsgericht Hannover habe ausdrücklich bestätigt, dass Drohanrufe und

Falschaussagen im Fall Mertins erlaubt seien. Ähnlich äußert sich *Hubertus Kr.*, wonach die Anpassung der Aktenvermerke gewünscht gewesen sei. *Petro* bestätigt dies und betont, dass die Aktenmanipulationen in den zuständigen Ministerien selbstverständlich bekannt seien.

‚Kamerad' *Hannes* wird noch deutlicher und zitiert am 13.10.2016 aus einer internen Polizeiakte Blatt 15, Polizeidienststelle Wendenburg, in der es um die Vernehmung der geschiedenen Frau von Mertins geht. Es sei unverschämt, beklagt er sich, dass sie auch noch um Gnade für ihre *„Scheißkinder"* gebettelt habe. Dass die Vernehmung der geschiedenen Frau stets von der Polizeidirektion bestritten worden war, scheint ihn nicht weiter zu stören.

Auch die Kameradin *Hannelore*, bekanntlich eine geradezu glühende Verehrerin des Gerichtspräsidenten Guise-Rübe, glänzt immer wieder mit Insiderwissen.

Die Staatsanwaltschaft Braunschweig habe laut Akte 907 Js 10180/10 festgestellt, dass *„unser Vorgehen gegen Mertins rechtlich unbedenklich war."* Sie gibt bekannt, dass die Polizei die Laptops des Kaufmanns, die seit den Ermittlungsmaßnahmen am 12.12.2008 verschwunden sind, anders als von der Polizei stets behauptet worden war, sehr wohl beschlagnahmt und ausgewertet habe. Man habe dort überhöhte Rechnungen des vormals selbständigen Bankberaters gefunden, empört sie sich.

In einem weiteren Kommentar gibt sie zum Besten, dass das Vorzimmer des Justizministers ein Phantombild des Täters Mertins verteilt habe und benennt das Aktenzeichen, unter dem das Foto gespeichert ist. Auch dies stimmt mit der Aktenlage überein. Annelore Weber, vormals Sekretärin des Justizministers Bernd Busemann, hat tatsächlich am 15.12.2008 an den Leiter des Hauptbüros Claus Peter Hage und ihren Kollegen Hubert Kaune ein Portrait-Foto von Mertins gemailt. Sie verbindet dies mit einem zynischen Hinweis auf die *„Betreuung“*, die man Mertins 12.12.2008 im Justizministerium zuteil habe werden lassen. Bekanntlich hatten vier schwer bewaffnete SEK-Beamte den Kaufmann im Treppenhaus auf den Boden geworfen und nach Waffen und Sprengstoff durchsucht. Ich habe Hubert Kaune um ein Gespräch gebeten. Meine Bitte blieb unbeantwortet.

Auch bei Kamerad *Klaus* muss es sich um einen Insider handeln. Laut vorliegender Akte habe das *„Schwein“* 2008 einen roten VW Golf gefahren, schreibt er am 15.12.2016. Der Hinweis auf den roten VW Golf findet sich in der Polizeiakte. Bereits benannt hatte ich die Tatsache, dass ein Kommentator, der unter *OVG Lüneburg* auftritt, am 10.01.2017 mitteilt, dass bei der Wohnungsdurchsuchung von Mertins, die bekanntlich von der Polizeidirektion bis heute bestritten wird, Dirham-Scheine gefunden wurden.

Die Führungsfigur der ‚Kameraden' *Volker L.* zitiert am 30.05.2017 wortwörtlich aus einem internen Vermerk des Pressesprechers des vormaligen Justizministers Bernd Busemann und bezieht sich auf dessen Äußerungen gegenüber der Journalistin Brückl. Zuvor hatte er mitgeteilt, dass Mertins für seinen fünfjährigen Sohn einen Reisepass beantragt habe. Dies kann nur ein Insider wissen.

Sein Kumpel *Bernd Herstedt* wies mich ausdrücklich darauf hin, dass weder der Landespolizeipräsident Binias noch der Präsident der Polizeidirektion Hannover Kluwe sich ihm gegenüber von der *„Hinrichtung“* des Bombenattentäters Mertins distanziert hätten. Zugleich verweist er auf ihm vorliegende Unterlagen aus dem Innenministerium und bezieht sich auf *„unsere Kameraden in den niedersächsischen Behörden, die als Zeugen zur Verfügung stünden“*.

Bei meinen Bemühungen, die Hintermänner der ‚Kameraden'-Gruppe zu ermitteln, stieß ich auf eine bemerkenswerte Namensidentität. Es gibt tatsächlich einen Polizeibeamten Jens Röpke, der bei einer nachgeordneten Polizeiinspektion der Polizeidirektion Hannover tätigt ist. Als ich ihn telefonisch zu kontaktieren versuchte, berichtete ein Kollege, dass der Polizeibeamte wegen einer langwierigen Schulterverletzung krankgeschrieben sei. Wenige Tage nach meinem Telefonat war die bislang von *Jens Röpke* benutzte Wegwerf-Mailadresse, unter der ich ihn bis dahin über einen längeren Zeitraum erreichen konnte, plötzlich gelöscht. Dies kann einer von vielen bemerkenswerten Zufällen sein, wirft aber Fragen auf.

Zuvor hatte *Röpke* mir auf meine Anfrage, ob es zutreffe, dass einige der ‚Kameraden' SEK-Beamte seien, geschrieben, dass man mich *„nur noch nervig"* finde. Weshalb hat er nicht klipp und klar erklärt, dass meine Vermutung falsch ist? Außerdem teilte er mir mit, dass die Richter Kleine-Tebbe und Muhsmann bei dem Foto von Mertins' kleinem Sohn, das bekanntlich im Darknet für Pädophile eingestellt worden sei, auf *„I like"* klicken würden. Schon wieder einer dieser spekulativen Hinweise auf pädophile Neigungen der Richter, die zugleich als angebliche Befürworter der Morddrohungen gefeiert wurden.

Und es kamen weitere Beweisstücke hinzu, die auf ein Netzwerk zwischen den ‚Kameraden' und niedersächsischen Behörden schließen lassen. So schrieb ‚Kamerad' *Hubertus* in einem Kommentar, dass die Vermerke in den Polizeiakten natürlich angepasst, will heißen verändert wurden. Und in einem weiteren Kommentar stellte er fest, dass Mertins *„ausgeschaltet"* werden müsse und alles legalisiert sei. Auch der Senat beim Verwaltungsgericht Lüneburg habe den

Wunsch geäußert, Mertins *„langfristig schweigen zu sehen“*.

Mehrfach wurde von den ‚Kameraden' auch behauptet, dass der Abteilungsleiter Michael Haunschild von der Polizeidirektion Hannover ihnen den Rücken freihalte. Noch konkreter heißt es in einem Kommentar, dass der Polizeipräsident Kluwe von Dezernatsleiter Haunschild über die Maßnahmen gegen Mertins informiert worden sei und *„sich auf das Blutbad freue“*. Auch diese Behauptung hielt ich für absurd, war allerdings überrascht, dass der Kommentator sich bestens informiert zeigte und über ein vertrauliches Gespräch zwischen mir und dem Redakteur der ‚Hannoverschen Allgemeinen Zeitung', Karl Doeleke, im Bilde war. Mit Doeleke hatte ich vereinbart, das Gespräch nicht zu kommunizieren. Woher wussten die ‚Kameraden' dennoch davon. Und woher wussten sie, dass Rechtsanwalt Dr. Norbert Joachim mich in Erbrechtsangelegenheiten vertritt? Der Fall wurde immer bedrohlicher.

Am 20. Februar 2017 empörte sich ein Kommentator, der als Vertreter der *„Herrenrasse“* auftrat, darüber, dass Mertins beim Senat des Oberlandesgerichtes Celle Fristverlängerung für einen Antrag begehrt hatte. Auch davon konnte nur ein Insider wissen. Als auffällig empfand ich es, dass ‚Kamerad' *Günther* in einem Kommentar vom 15. Januar 2017 aus einem Telefonat zwischen Haunschild und mir Inhalte preisgab und im selben Atemzug forderte, dass Mertins *„zerkleinert“* und *„den Hunden zum Fraß vorgeworfen“* werden müsse. Der blutrünstige ‚Kamerad' konnte nur aus dem Polizeiapparat von dem Telefonat zwischen dem Polizeibeamten und mir erfahren haben. Oder war nicht nur mein Mailpostfach abgegriffen worden, sondern werden auch meine Telefonate abgehört? Dies hielt ich allerdings für unwahrscheinlich, jedoch auch nicht völlig ausgeschlossen.

Falls die Personen, die für die Morddrohungen, die Einschaltung eines Pädophilenringes und den Diebstahl meiner Dateien verantwortlich sind, entgegen aller vorliegender Indizien nicht mit Behördenmitarbeitern in Verbindung stehen und auch nicht selbst Landesbedienstete sind, würde dies ein Ausmaß an Schlamperei im Umgang mit Akten und hoch vertraulichen Daten bei den niedersächsischen Behörden offenbaren, das die Bürger in Niedersachsen aufs tiefste beunruhigen muss.

Wenn derart leichtfertig mit Akten eines Bürgers umgegangen wird, dass sie beliebig von Personen, die anderen nach dem Leben trachten, genutzt werden können, müssten sämtliche Alarmsignale leuchten. Nicht nur bei der Landesregierung übrigens, sondern auch bei den Landtagsfraktionen. Doch wie bereits dargelegt, war dies nicht der Fall.

Auffällig ist, dass das Verhalten der Schlüsselfiguren der ‚Kameraden'-Gruppe, *Volker L*, *Jens Röpke* und *Bernd Herstedt*, durch Zerrissenheit und Unsicherheit geprägt ist. Mal nennen Sie mich „liebe Frau Raddatz“ und unterzeichnen ihre Mails an mich mit „Ihr“, dann wieder verwenden sie einen brüsken, drohenden Schreibstil und unterzeichnen mit „Hochachtungsvoll“. Mal bewundern sie mich als Schriftstellerin, dann wieder nennen sie mich Comic-Autorin und Partisanin. Auf erhebliche Unsicherheit deutet ihr ständiger Bezug auf die Zustimmung der Polizeipräsidenten Binias und Kluwe sowie die Richter Kleine-Tebbe und Muhsmann hin.

Abgesehen davon, dass die genannten Personen mit der „*Ausschaltung*“ eines Bürgers keinesfalls einverstanden sein dürften, spricht der ständige Verweis auf Führungskräfte des Landes Niedersachsen dafür, dass die ‚Kameraden' eher in untergeordneten Positionen tätig sind, sei es in Sicherheitsdiensten oder im Polizei- oder Gerichtswesen.

Ihr andauerndes Bemühen, sich hinter Führungskräften zu verschanzen, könnte zudem ein Hinweis darauf sein, dass ihnen die Gesetzwidrigkeit ihres Handelns sehr wohl bewusst war.

Das seltsame Verhalten von Polizei- und Gerichtspräsidenten

Der Leser, der mir bis hierhin durch die Irrungen und Wirrungen des Justizfalls gefolgt ist, wird sich vielleicht fragen, was das alles mit der Hannover-Connection zu tun hat. Der Zusatz 2.0 macht deutlich, dass es nicht um die bundesweit ins Gerede gekommene Connection um Götz von Fromberg und Carsten Maschmeyer geht. Es geht auch nicht um öffentlichkeitswirksame Enthüllungen über angebliche Sexskandale, Korruptionsverdacht oder Vorteilsnahme, in die prominente Persönlichkeiten verwickelt sein sollen.

Es geht um die Ebene unterhalb von Spitzenpolitikern und Managern.

Wer Sexskandale von Bundestagsabgeordneten, anrüchige Kontakte von prominenten Politikern zur Luxuswelt der Wirtschaftsbosse und Rotlicht-Größen bis hin zu Korruptionstatbeständen offenlegt, kann sich der medialen Aufmerksamkeit sicher sein.

Geht es jedoch um Machtmissbrauch der weniger prominenten Vertreter aus Politik und Verwaltung auf der Arbeitsebene, hält sich das Interesse in Grenzen. Dies ist fatal, wie die geschilderten Ereignisse im vorliegenden Justizfall zeigen.

Wenn sich Staatsanwälte mit Polizeibeamten, Richtern und Vertretern der Ministerialbürokratie absprechen. Wenn sich Landtagsabgeordnete mit Regierungsvertretern und Vertretern der Gerichtsbarkeit abstimmen. Wenn sie sich einig sind, Sachverhalte zu vertuschen statt sie offen zu legen. Wenn sie sich die Bälle zuspielen, um unbequeme Bürger ins Abseits zu stellen. Wenn Blogger und Autoren mundtot gemacht werden sollen. Wenn Ermittlungsbehörden Straftaten nicht ahnden, weil dies nicht ins Kalkül der Behördenvertreter passt. Wenn all das geschieht, hat dies sehr viel bedenklichere Auswirkungen auf die Bürger als die Herrenrunden der Hannover-Connection in Partykellern und VIP-Lounges es jemals hatten.

Im Fall der Hannover-Connection 1.0 gab es funktionierende Kontrollmechanismen. Die Gesetze, auf die Carsten Maschmeyer Einfluss nehmen wollte, sind durch die Gremien des Bundestages und Bundesrates, mithin sechzehn Bundesländer, gegangen.

Zudem haben die Medien ihre Kontrollfunktion gerade bezüglich der Personen Maschmeyer, Schröder und Wulff fast schon über Gebühr wahrgenommen und selbst kleinste Verfehlungen der Beteiligten öffentlich gemacht. Sämtliche Verflechtungen innerhalb des Netzwerkes wurden analysiert; zahlreiche Medienberichte und die benannten Bücher zeugen davon.

Doch Hand aufs Herz! Inwiefern schadet es den Bürgern, wenn Maschmeyer dem Ex-Kanzler Gerhard Schröder für über zwei Millionen Euro die Rechte an dessen Buch abkauft? Da das Buch nicht den gewünschten Verkaufserfolg brachte, dürfte in erster Linie der Unternehmer selbst den finanziellen Schaden davontragen.

Und inwiefern schadet es den Bürgern, wenn das Kind eines Politikers ein Spielzeugauto geschenkt bekommt oder der Politiker sich von einem Freund ein Darlehen gewähren lässt? Man mag sich über die moralischen Aspekte und die eventuell aus finanziellen Beziehungen zwischen Unternehmern und Politikern resultierenden Abhängigkeiten streiten. Dennoch wirkt es sich um ein Vielfaches nachteiliger für die Bürger aus, wenn sich Behördenvertreter, Richter und Politiker auf der Arbeitsebene darauf verständigen, als lästig empfundene Bürger auszutricksen, sie ins Leere laufen zu lassen und ihnen ihre verbrieften Rechte zu nehmen.

Geht es um die Belange eines Normalbürgers - wie nicht nur im vorliegenden Fall, sondern in anderen in meinem Blog dokumentierten Justizfällen - zeigt die Presse wenig Interesse. Dabei sind es gerade die intransparenten Netzwerke zwischen Justiz, Verwaltung und Politik auf der Arbeitsebene, die für die Bürger existenziell bedrohliche Auswirkungen haben können. Der Fall des Landwirts Hubert Hümme[1] ist ein Beispiel dafür. Der Landwirt aus Schleswig-Holstein hat in Folge von Behandlungsfehlern eines Tierarztes und Fehlurteilen der Gerichte seinen ehemals erfolgreichen Schweinezuchtbetrieb verloren und arbeitet heute als Lohnarbeiter in dem einst ihm gehörenden Betrieb.

Das Verhalten der zuständigen Behörden und Gerichte im Justizfall Mertins lässt viele Fragen offen. Weshalb scheuen sie sich davor, klipp und klar zu bestätigen, dass Olaf Mertins niemals einen Bombenanschlag geplant hat? Weshalb war keiner der von mir angeschriebenen Richter, Behördenleiter und Minister bereit, sich von den Morddrohungen zu distanzieren? Weshalb haben die Ermittlungsbehörden bis zum heutigen Tage offenbar wenig Interesse festzustellen, wer hinter den rassistischen Hassparolen steckt? Was wissen die Behörden tatsächlich über die ‚Kameraden' und warum geben sie es nicht preis?

Eine maßgebliche Rolle in dem Netzwerk Hannover Connection 2.0 spielt Uwe Binias. Der im November 2011 zum Landespolizeipräsidenten beförderte Beamte verantwortet als ranghöchster Polizist im Lande Niedersachsen die Funktions- und Rechtmäßigkeit der niedersächsischen Polizeibehörden. Als damaliger Polizeipräsident von Hannover war er von Anbeginn an in den Justizfall Mertins involviert. So hat er durch handschriftliche Verfügung zugestimmt, dass die den Fall Mertins betreffenden Geschäftsakten der Polizeibehörde außerhalb des Geschäftsganges im Büro des vormaligen Datenschutzbeauftragten der Polizeidirektion Klaus-Dieter Pfahl aufbewahrt wurden.

[1] Artikel unter www.Bettina-Raddatz.de: „Wenn Urteile Existenzen vernichten"

Bei den ‚Kameraden' genießt der Landespolizeipräsident hohes Ansehen. Am 4. März 2017 gratulierte Kamerad *Bernd Herstedt* ihm schriftlich zu den Leistungen der Polizeibeamten im Kampf gegen den „*Bombenleger*" Mertins. Er sicherte Binias zu, dass man „*das Killerschwein und seine Brut zeitnah eliminieren*" werde. Den ‚Kameraden' würden die Vermerke der Polizeibeamten Landsiedel, Klemm und Pfahl vorliegen und sie hätten zudem die Rückendeckung der Richter Kleine-Tebbe und Muhsmann. Auch ließ *Herstedt* den Landespolizeipräsidenten wissen, dass die ‚Kameraden' bis unter die Zähne bewaffnet sind.

Man halte sich vor Augen: Dem Landespolizeipräsidenten wird mitgeteilt, dass eine Gruppe von „*bis unter die Zähne bewaffneten*" ‚Kameraden' einen Bürger und sein Kind zeitnah töten wird. Die Täter berufen sich dabei auf Vermerke aus dem Polizeiapparat und angebliche Rückendeckung von zwei Richtern. Und was tut der Polizeipräsident? Bis zum Redaktionsschluss des Buches offensichtlich nichts. *Herstedt* hatte eine Wegwerf-Mailadresse angegeben, unter der er erreichbar war. Binias hätte ihm antworten und ihn auffordern müssen, die Morddrohungen unverzüglich einzustellen. Er hätte es sich verbitten müssen, dass die ‚Kameraden' sich immer wieder auf die Rückendeckung von Polizeibeamten und Richtern berufen.

Dass der ranghöchste Polizeibeamte eines Bundeslandes allem Anschein nach nichts unternimmt, wenn eine Person ihm mitteilt, dass sie einen anderen Bürger und dessen kleines Kind zeitnah töten wird, ist unvorstellbar. Dies lässt darauf schließen, dass Binias die Ankündigung *Herstedts* nicht ernst genommen hat. Doch worauf basierte die polizeiliche Gelassenheit? Und worauf beruhte die Annahme des Polizeibeamten, dass die Gruppe die Drohungen, Mertins zu töten und sein Kind einem Pädophilenring auszuliefern, nicht umsetzen würde? Was wusste der Landespolizeipräsident über die Gruppe der ‚Kameraden' und was machte ihn so sicher, dass es sich nur um Maulhelden handelte, die am Ende keine Gewalt anwenden würden? Und weshalb hat er nicht ein einziges Mal zum Telefonhörer gegriffen und den besorgten Vater beruhigt?

Die Schreiben der ‚Kameraden' an den Landespolizeipräsidenten sind auszugsweise in meinem Blog nachzulesen.

Anders als Binias fasste ich die Gelegenheit beim Schopf und antwortete *Herstedt*. Worauf sein Hass auf Mertins und die Deutsch-Türken, die in dem Schreiben an Binias ebenfalls beschimpft worden waren, eigentlich beruhe, fragte ich ihn. *Herstedt* antwortete prompt. Ihm sei aus den niedersächsischen Behörden heraus mitgeteilt worden, dass ich meinen diversen Anfragen an die Polizeidirektion und die Gerichte keine Beweisstücke als Anlagen beigefügt hätte. Das lasse sie daher unglaubwürdig erscheinen. Tatsächlich hatte ich meinen Anfragen an die Gerichte und die Polizeidirektion keine Anlagen beigefügt. Ich war nicht auf den Gedanken gekommen, dass die Behörden mir Lügen unterstellen könnten.

Dass *Herstedt* hiervon wusste, ist ein weiterer Hinweis darauf, dass es eine Connection zwischen den niedersächsischen Behörden und den ‚Kameraden' geben musste. Auffällig ist auch *Herstedts* Feststellung, dass sich die Polizeipräsidenten Binias und Kluwe nicht bei ihm von den geplanten Hinrichtungen des *„Bombenlegers"* distanziert haben.

Nur vier Tage später wandten sich die ‚Kameraden' erneut an den Landespolizeipräsidenten. *Volker L.* schrieb, dass der ‚Kameraden'-Gruppe ein Riesencoup im Kampf gegen den *„Bombenleger"* gelungen sei. Man habe die Passwörter der

Autorin Raddatz ausfindig gemacht und stelle diese den Ermittlungsbehörden für ihre Ermittlungen zur Verfügung. „*Wir und damit auch Ihre Ermittler haben nun Zugang auf das Mailkonto von Raddatz und können auch direkt auf ihre Presseseiten Einfluss nehmen und Sympathiekommentare im Vorfeld löschen. Auch haben wir Unterlagen, die sie erhalten hat, abgegriffen und gesichert.*“ Ein glasklarer Verstoß gegen das Telekommunikationsgesetz und die Pressefreiheit.

Der Landespolizeipräsident und mit ihm der Oberstaatsanwalt Thomas Klinge sowie die Präsidentin des Verwaltungsgerichts Hannover Hannelore Kaiser wurden somit in Kenntnis gesetzt, dass gegen mich Straftaten wie Datendiebstahl, Auswertung meiner elektronischen Post mit rund 2.500 Mails und versuchte Einflussnahme auf meine Blogbeiträge begangen worden waren. Man sei noch damit befasst, meine unzähligen Posteingänge und Dateien auszuwerten. Insbesondere meine Kontakte zu Journalisten würden umfassend analysiert, teilte *Volker L.* Binias mit.

Binias hielt es nicht einmal für nötig, mich zu informieren. Wäre es nach ihm gegangen, hätte ich von dem Datendiebstahl niemals erfahren und alle Personen, denen *Volker L.* laut vorliegender Mail meine Passwörter zugeschickt hatte, darunter die Richter Kleine-Tebbe und Muhsmann und der ‚Reichskanzler' Schittke, könnten meine elektronische Post lesen.

Ausgerechnet *Herstedt* war es, der mich warnte, dass meine sämtlichen Passwörter im Besitz der Gruppe waren. Doch dazu später mehr.

Bemerkenswert ist auch der Hinweis von *Volker L.* an Binias, dass die Gruppe das Kind von Mertins in Hannover-Bemerode nicht habe auffinden können, weil es einen anderen Namen als sein Vater trage. Zur selben Zeit hatte ein schwarz gekleideter Mann versucht, ein Kind von einer Grundschule in Bemerode zu entführen. Hierüber hatte u. a. die ‚Hannoversche Allgemeine Zeitung' berichtet. Dass *Volker L.* freimütig eingestand, man habe vergeblich nach Mertins' Kind in Bemerode gesucht, hätte sämtliche Alarmsirenen bei der Polizei in Gang setzen müssen. Es passierte jedoch nichts.

Auch wenn die ‚Kameraden' sich demnach auf die Verschwiegenheit der von ihnen immer wieder als Befürworter ihrer Straftaten genannten Amtsträger in Justiz und Verwaltung verlassen konnten, wurden sie zunehmend nervös. Ein Maulwurf habe sich in die Internetgruppe „#bestievonbemerode" eingeschlichen, vermuteten sie. *„Habt ihr den Maulwurf gefunden?"* fragte der besorgte *Volker L.* in einer Mail an seine ‚Kameraden' *Bernie (Herstedt)* und *Jens (Röpke).* Zugleich beruhigte er seine ‚Kameraden', sie sollten sich keinen Kopf um den Aufruf in der ‚Hannoverschen Allgemeinen Zeitung' machen, da die Damen und Herren Richter mit den ‚Kameraden' *„im Boot hängen und sich keinen öffentlichen Stress erlauben könnten"*. Was war gemeint? Ging es etwa um den Pädoring, den *Volker L.* immer wieder ins Spiel brachte?

Ich selbst wurde immer wieder in Kommentaren und Mails aufgefordert, endlich meine Berichterstattung einzustellen. Die ‚Kameraden' würden den vollen Rückhalt der Polizeibeamten und Richter genießen und ich hätte mit meinen Schmierereien ohnehin keine Chance. Dass die Behörden nichts unternahmen, um die Gruppe zu stoppen und es stillschweigend hinnahmen, dass meine Passwörter herumgeschickt wurden, bestätigte mir, dass *Volker L.* und seine ‚Kameraden' tatsächlich auf eine Connection bauen konnten.

Den Höhepunkt erreichte die Affäre, als *Volker L.* mir ein Foto des fünfjährigen Sohns von Mertins mit dem Hinweis übersandte, dass die Gruppe es ins Darknet eingestellt hatte, damit sich die Pädophilen an dem *„Scheißkind*" reiben könnten und *„nicht an arischen Kindern*". Nachdem ich mich bei Mertins rückversichert hatte, dass es sich tatsächlich um seinen Sohn handelte, appellierte ich an die Täter, die Aktion unverzüglich abzubrechen.

Auch diese menschenverachtende Maßnahme war dem Landespolizeipräsidenten Binias, dem Oberstaatsanwalt Klinge, der Präsidentin des Verwaltungsgerichts Hannover Kaiser, dem Richter Muhsmann und der Senatsvorsitzenden am OLG Celle Wiegand-Schneider mitgeteilt werden. Es machte mich stutzig, dass Richter Kleine-Tebbe dieses Mal bei den Adressaten der unappetitlichen Botschaft nicht berücksichtigt worden war. Bisher hatten die ‚Kameraden' den Richter stets wie einen Held gefeiert und bei allen Schreiben mit in den Verteiler gesetzt. Ausgerechnet bei der Nachricht über die Einstellung des Fotos in ein Pädophilennetzwerk war das anders. *Herstedt* bestätigte am 29. April 2017, dass die Behördenleitungen das Foto gut fänden. Die ‚Kameraden' hätten mit dem *„Frischfleisch*" eine gute Wahl getroffen, hätten die Behördenvertreter gemeint. Eine verleumderische Lüge?

Wie kann es all diese Amtsträger, die wichtige Positionen im Land Niedersachsen einnehmen, kalt lassen, wenn ein fünfjähriges Kind im Darknet für Pädophile angeboten wird, fragte ich mich. Oder hatte *Volker L.* mich mit der Aktion nur unter Druck setzen wollen, damit ich die Berichterstattung einstelle? Da ich keinen Zugang zu Pädophilennetzwerken im Darknet habe und auch niemanden gefunden habe, der mir weiterhelfen konnte oder wollte, musste ich davon ausgehen, dass die Gruppe es ernst meinte.

Verfügten Binias und die anderen Amtsträger über gegenteilige Informationen oder worauf gründete sich ihre Gleichgültigkeit?

Meine diesbezüglichen Fragen an den Landespolizeipräsidenten wollte dieser nicht beantworten.

Eine Bloggerin soll mundtot gemacht werden

Es irritierte mich, dass ich von den in meinem Computer installierten Sicherheitssystemen immer häufiger vor Angriffen gewarnt wurde. Der mir bekannte Inhaber der dl Daten GmbH aus Hannover, die sich bei der Erarbeitung von Sicherheitskonzepten für Datenübertragungen einen Namen gemacht hat, bot Hilfe an. Bei der Untersuchung von drei mir vorliegenden IP-Adressen aus dem Kreis der ‚Kameraden' stellte sich heraus, dass eine der Adressen auf einer „schwarzen Liste" als besonders schädlich eingestuft war. Dieser Absender würde womöglich einen Angriff auf meine Blogseite oder gar Dateien planen, befürchtete das Unternehmen.

Auch wenn ich vorgewarnt war, fiel ich aus allen Wolken, als *Bernd Herstedt* mir schrieb und behauptete, ich hätte ihm bei einer Antwort auf eine E-Mail von ihm eine Aufstellung meiner Passwörter mitgeschickt. Tatsächlich hatte ich meiner Mail an *Herstedt* überhaupt keine Anlage beigefügt. Da *Herstedt* mir eine Auflistung meiner Passwörter mitschickte, hielt ich es für ratsam, ihm nicht zu widersprechen.

Die ‚Kameraden' saßen am längeren Hebel, sie verfügten über meine Passwörter und ich wusste nicht, was sie damit angestellt hatten oder noch anstellen würden. *Herstedt* hatte mir zwar mitgeteilt, er habe die Liste mit meinen Passwörtern umgehend gelöscht, doch konnte ich einer Person trauen, die seit Monaten mit der Ausschaltung eines Mitbürgers drohte?

Vielleicht, so hoffte ich, war er selbst an den vorhergehenden Hackerangriffen nicht beteiligt und hatte mit der Sache nichts zu tun. Immerhin hatte er mich gewarnt.

So bedankte ich mich bei ihm für die Information und wies darauf hin, dass es in der Tat einige Probleme mit meinem Computer gäbe. Als Dankeschön für seine Mitteilung lud ich ihn zu einem Mittagsimbiss in ein Steakhaus in der Innenstadt von Hannover ein. Vielleicht würde ich bei der Gelegenheit endlich erfahren, worauf sein Hass auf Mertins und dessen Kind beruhte. Und vielleicht würde ich endlich mehr über die ‚Kameraden' und ihre Motive erfahren. Noch stand nicht fest, ob sie falschen Informationen aufgesessen waren. Auch klammerte ich mich an die Hoffnung, dass *Herstedt* seine Zusage eingehalten und die Passwörter gelöscht hatte. Schadensbegrenzung stand für mich an vorderster Stelle.

Als Herstedt auf mein Angebot nicht reagierte, war klar, dass die Sache ein böses Ende für mich nehmen würde. Und tatsächlich erfuhr ich nur einen Tag später, dass die Gruppe, die den Hashtag „#bestievonbemerode" benutzte, sich darüber austauschte, meine Passwörter und mein Mailpostfach abgegriffen zu haben. Jetzt sei man dabei, so der Informant, meine sämtlichen Dateien auszuwerten. Die Passwörter konnte ich ändern, aber die Mails, über die die Gruppe jetzt verfügte, waren nicht mehr reversibel.

Was den Informanten betraf, hatte der beschlossen, sich zurückzuziehen. Es hatte sich herumgesprochen, dass es einen Maulwurf gab. Tatsächlich bin ich auf ein Schreiben von *Volker L.*, an *Bernd Herstedt* und *Jens Röpke* gestoßen, in dem von einem Maulwurf die Rede war, den man dringend finden wollte.

Ich änderte meine Passwörter, soweit das ohne Zutun Dritter möglich war, und zog einen Computerexperten hinzu. Nach stundenlanger Prüfung stellte dieser fest, dass die Gruppe zwar mein Mailpostfach bei der Telekom geöffnet und vermutlich alle 2.500 Mails abgegriffen hatte, es ihr aber nicht gelungen war, an meine übrigen Dateien zu gelangen.

Bei seinen Nachforschungen stieß der Experte auf das Wegwerfmail-Postfach von *Bernd Herstedt.* Dort fanden sich mehrere Schreiben von *Volker L.*, ganz ohne Frage der Kopf der ‚Kameraden'-Gruppe, die er *Bernd Herstedt* als Kopien zugeleitet hatte. Darunter auch ein Schreiben an den Landespolizeipräsidenten und andere Amtspersonen aus

Hannover, in dem *Volker L.* sie wissen ließ, dass man sich meine Passwörter angeeignet hätte und damit beschäftigt sei, meine Dateien auszuwerten. Als Beweis hatte er seinem Schreiben eine Aufstellung meiner Passwörter beigefügt.

Ich war geschockt. Weshalb hatte mich der Landespolizeipräsident nicht informiert beziehungsweise über sein Vorzimmer informieren lassen? Auch wenn ich zwischenzeitlich die meisten Passwörter geändert hatte, war das bei einigen kurzfristig nicht möglich, so etwa bei einem Finanzdepot bei einer Versicherung. Alle von *Volker L.* angeschriebenen Personen hatten somit die Möglichkeit, Einblick in meine Finanzen zu nehmen.

Zu meinem Entsetzen stieß ich auf ein weiteres Schreiben, mit dem *Volker L.* dem ‚Reichskanzler' Schittke ebenfalls meine Passwörter geschickt hatte. Dass die ‚Kameraden' mein Depot leer räumen würden, befürchtete ich weniger. Es handelte sich bei ihnen nicht um gewöhnliche Kriminelle, dazu waren sie zu sehr mit Behördenvertretern verbandelt.

Den ‚Kameraden' ging es augenscheinlich ja nicht um Geld; sie wollten Mertins und sein Kind fertigmachen und mich dazu bringen, meine Recherchen und die Berichterstattung über den Fall einzustellen. Aber was war mit den ‚Reichsbürgern', von denen Medienberichten zufolge nicht wenige auf Sozialbezüge angewiesen sind?

Auch lag jetzt mein Leben wie ein offenes Buch vor den ‚Kameraden'. Sie verfügten über meinen Schriftwechsel mit meinen beiden in der Nähe von Hamburg lebenden Nichten, mit meinen besten Freundinnen, meinen Anwälten und meinen Mietern. Sie konnten jetzt nachlesen, was mich in den letzten Jahren bewegt hatte, an welchen Projekten ich arbeite, welche Reisen ich gebucht hatte und vieles andere mehr. Auch über meine Alltagsprobleme waren sie jetzt bestens informiert. Sie konnten die E-Mails eines verbitterten Miterben an mich lesen, in denen dieser mich aufforderte, „*mich endlich einer psychiatrischen Behandlung zu unterziehen*". In denen ich als „*Steuerbetrügerin*", als „*völlig unfähig und untätig*", als „*verbitterte, einsame Frau*" und als „*asoziale Irre*" beschimpft wurde. Eine schreckliche Vorstellung!

Ob, und wenn ja, welche persönlichen Schreiben oder Anwaltskorrespondenz die Gruppe nutzen würde, um mir Schaden zuzufügen oder mich lächerlich zu machen, war offen und ist es bis zum heutigen Tage geblieben. Diesen Eingriff in meine Persönlichkeitssphäre wollte ich nicht hinnehmen. Trotz meiner schlechten Erfahrungen mit der Polizeidirektion und der Staatsanwaltschaft Hannover entschloss ich mich, Anzeige zu erstatten.

Ich schrieb Michael Haunschild von der Polizeidirektion Hannover an und wies ihn auf die von der Gruppe in sozialen Netzwerken verbreiteten Nachrichten hin, dass man meine Dateien abgegriffen habe und diese auswerte. Die E-Mail von *Herstedt*, der mich gewarnt hatte, erwähnte ich noch nicht. Dies sollte dem persönlichen Gespräch mit dem ermittelnden Beamten vorbehalten bleiben.

Haunschild wies mich darauf hin, dass ich Anzeige bei der örtlichen Polizeidienststelle erstatten könne, „*falls ich denn meinte, Opfer einer Straftat geworden zu sein.*" Im Übrigen sei keinesfalls gesichert, dass die Gruppe real existiere. Zu diesem Zeitpunkt lag das Schreiben von *Volker L.*, mit dem er sich rühmte, meine Passwörter abgegriffen zu haben und meine Dateien auszuwerten, dem Landespolizeipräsidenten Binias bereits vor. Dies war an Hand der Schreiben von *Volker L.* und *Herstedt* zweifelsfrei nachzuvollziehen. Wusste Haunschild tatsächlich nichts davon, gab es Kommunikationsprobleme innerhalb der Polizeibehörde oder versteckte sich hinter seiner Reaktion pure Gleichgültigkeit gegenüber einer als lästig empfundenen Bloggerin?

Die Erstattung einer Strafanzeige bei einer Polizeidienststelle verkniff ich mir. Einige Wochen zuvor war ich bei einer Anzeige wegen eines Betrugsdeliktes, zu der mir mein mit der Sache befasster Anwalt Bernd Karwiese geraten hatte, wie eine Kriminelle behandelt worden. Eigentlich müsse er gegen mich ermitteln, hatte der Polizeibeamte der Polizeidienststelle Bemerode mir bedeutet, da ich offenbar ungerechtfertigte Strafanzeigen erstatten würde. Außerdem wolle ich doch nur die Anwaltskosten vermeiden und würde die Polizei unnötig behelligen. Derartige Pöbeleien wollte ich mir ersparen.

Sollte er tatsächlich von dem Schreiben an Binias nichts wissen, wäre es nicht das erste Mal, dass der Leitende Regierungsdirektor Haunschild nicht auf dem Laufenden war. Ich hatte mich am 16. Januar 2017 an den Polizeipräsidenten Volker Kluwe gewandt und um Stellungnahme zu einigen Fragen für mein geplantes Buch gebeten. Anfang Februar entschloss ich mich, wie dargelegt, wegen der akuten Bedrohungslage für Mertins Sohn das Buchprojekt vorerst nicht weiter zu betreiben und gab dies in meinem Internet-Blog bekannt. Dennoch lud Haunschild mich eine Woche darauf zu einem Gespräch ein, um die von mir für das geplante Buch aufgeworfenen Fragen zu erörtern.

Bereits zuvor hatte die Polizeidirektion Hannover sich als uninformiert gezeigt. Bekanntlich hatte Haunschild Mertins noch acht Tage nachdem die Staatsanwaltschaft Hannover die Durchführung von Ermittlungen abgelehnt hatte, angeschrieben und erklärt, dass die Polizei eine strafrechtliche Relevanz sehe, das Ergebnis der Staatsanwaltschaft aber noch ausstehe. Dabei stand das Ergebnis längst fest.

Für die Bürger in Hannover ist es kaum beruhigend, wenn man das Gefühl bekommt, dass die Polizei offensichtlich hinter dem Mond lebt. Ist dies ein Grund, weshalb die niedersächsische Landeshauptstadt in der Statistik der höchsten Kriminalitätsraten deutscher Großstädte einen unrühmlichen dritten Platz einnimmt, fragte ich mich.

Sechs Wochen nachdem ich Haunschild eingeschaltet hatte und dieser sich bezüglich der Existenz der Gruppe und des Datendiebstahls skeptisch geäußert hatte, teilte mir Kriminalkommissar Carsten Ehlert mit, dass er meine Eingabe an seinen Vorgesetzten zuständigkeitshalber erhalten habe. Ob ich vielleicht Strafantrag wegen des Verdachts des Verstoßes gegen § 202a StGB - Verstoß gegen das Telekommunikationsgesetz - stellen wolle. Sodann leitete er mir einen Vordruck zu und fragte mich nach Vornamen, Nachnamen, Staatsangehörigkeit, Telefonnummer und meiner E-Mail-Adresse. Wäre die Anfrage am 1. April erfolgt, hätte ich sie für einen - wenn auch nicht sonderlich gelungenen - Aprilscherz gehalten. Ich stand mit der Polizeidirektion Hannover seit acht Monaten in Kontakt. Meine E-Mailadresse und Telefonnummer waren dort bekannt und jetzt fragte man mich nach meinem Vornamen, Nachnamen und meiner E-Mail-Adresse!

Peinlicher noch war es, dass ich längst Strafanzeige bei der Polizei erstattet hatte. Bereits drei Wochen zuvor hatte ich auf Anraten der bereits erwähnten dl Daten GmbH eine Online-Anzeige bei der Polizei erstattet und auf das Abgreifen meiner Dateien in meinen Mailpostfach sowie die missbräuchliche Versendung meiner Passwörter u. a. an den Landespolizeipräsidenten Binias und die ‚Reichsbürger' hingewiesen. Eine Reaktion war auch hier ausgeblieben.

Und jetzt - drei Wochen später - forderte mich die Polizeidirektion auf, zu überlegen, ob ich möglicherweise Strafanzeige erstatten wolle?

Egal ob es sich um Inkompetenz, um Gleichgültigkeit gegenüber den Sicherheitsinteressen einer Bürgerin handelte oder ob es darum ging, eine unbequeme Bloggerin rechtlos zu stellen, keines davon war hinnehmbar. Mir platzte der Kragen und ich schrieb dem Polizeipräsidenten von Hannover Volker Kluwe einen geharnischten Brief. Eine Stellungnahme auf mein Schreiben blieb aus.

Es kam noch schlimmer. Unter meiner E-Mailadresse als Vorsitzende des Frauenbundes Hannover erreichte mich am 20. April 2017 ein Schreiben der Ehefrau des Richters Kleine-Tebbe, Cornelia Rauh. Die Professorin gab als Absender die Universität Hannover an und wies darauf hin, dass sie sich mit der Geschichte des katholischen Milieus im Nationalsozialismus befasst und das Unrechtsregime gründlich erforscht habe. Daher sei sie verwundert, dass eine Bettina Raddatz verunglimpfende, ungeprüfte Behauptungen gegen Repräsentanten des demokratischen Staatswesens verbreite. So würde ihr Ehemann unter Nennung seines Namens und seiner E-Mailanschrift als *„Kinderschänder"* und *„Pädophiler"* geschmäht. Meine *„Schmiererei"* würde sich nicht mit christlichen Werten vertragen. Der Frauenbund möge mich damit konfrontieren, aber ihre Mail *„um Gottes Willen nicht an Frau Raddatz weiterleiten"*. Sie würde sich in dem Fall auch an Bischof Trelle vom Bistum Hildesheim wenden. Zudem sei das Justizministerium um Rechtsschutz ersucht worden. Man müsse *„der Raddatz und ihren Schmierereien das Handwerk legen"*.

Was die katholische Kirche mit meinem Blog und Berichten über Justizfälle zu tun haben sollte, blieb mir ein Rätsel. Dennoch schaltete der Domvikar den Probst für die katholischen Kirchengemeinden in Hannover ein. Dass man jetzt versuchte, mich für die Kommentare und Morddrohungen der ‚Kameraden' verantwortlich zu machen, stellte die Tatsachen gehörig auf den Kopf. Seit neun Monaten hatte ich immer wieder Behörden eingeschaltet, damit den Verfassern der Drohmails, von denen einige auch Andeutungen über pädophile Neigungen von Richtern gemacht hatten, der Boden entzogen wird. Keiner der von mir Angeschriebenen war bereit gewesen, Flagge zu zeigen und klipp und klar zu erklären, dass Mertins kein Terrorist und Bombenattentäter ist. Mit einer solchen Erklärung hätte man deutlich gemacht, dass die Aktionen der ‚Kameraden' rechtswidrig sind. Da man das nicht tat, beriefen sich die ‚Kameraden' auf die betroffenen Richter und Ermittlungsbeamten, die ihr Tun gutheißen würden. Auch ich selbst war beleidigt und mehrfach bedroht worden. Mein E-Mailpostfach nebst Dateien war abgegriffen und ausgewertet worden und jetzt wurde ausgerechnet ich gegenüber kirchlichen und staatlichen Institutionen bis hin zum Bischof des Bistums Hildesheim zur Täterin erklärt, der man das Handwerk legen müsse.

Ich wies die Professorin darauf hin, dass sie offensichtlich Opfer und Täter verwechselte. Auch war ihr Mann zwar immer wieder namentlich erwähnt worden, nicht aber als Pädophiler, sondern als ein besonders fähiger Richter, dem die ‚Kameraden' für seine großartige Arbeit hohe Anerkennung zollten. In einem Kommentar war zwar im Zusammenhang mit dem Pädophilenring eine Person mit Kürzeln benannt worden, die ich aber nicht dem Richter zugeordnet hatte. Erst durch die Beschwerde der Professorin beim katholischen Frauenbund war mir bekannt geworden, dass sich hinter dem Kürzel der Richter Kleine-Tebbe verbarg. Darauf entfernte ich die Kürzel aus dem Kommentar.

Cornelia Rauhs Reaktion auf mein Schreiben, das im Begleitmaterial enthalten ist, ließ nicht lange auf sich warten. Jetzt schrieb sie sogar Unternehmen an, u. a. die mich seit vielen Jahren beratende Agentur Riegel-Design. Ich würde die Justiz, den Staat und Parteien mit einer Verleumdungskampagne überziehen, warf sie mir vor. Zugleich erweckte sie den Eindruck, die rassistischen Parolen und Andeutungen, dass ihr Mann Geld für Sex mit Kindern gezahlt haben sollte, würden aus meiner Feder stammen. Die „*Gossenschreiberin*“ Bettina Raddatz habe eine Verleumdungbrühe angerührt. Offenkundig wollte die Professorin erreichen, dass die Agentur ihre Tätigkeit für mich einstellte. Dies war nicht der Fall, die Agentur behielt mich als Kundin. Es hätte jedoch anders kommen können, was die vorübergehende Einstellung meines Blogs zur Folge gehabt hätte.

Man stelle sich vor: ich kämpfte seit Monaten gegen die ‚Kameraden'-Gruppe, rannte bei den zuständigen Behörden gegen Mauern und wurde jetzt als Schuldige ausgemacht! Auch wenn die Professorin ihr Ziel, mir das Handwerk zu legen, nicht erreicht hat, hat sie es immerhin geschafft, mich bei der katholischen Kirche und anderen Institutionen zu verleumden und von den eigentlichen Tätern abzulenken.

Da Rauh ihre diversen Schreiben, mit denen sie mir das Handwerk legen wollte, unter ihrer Dienstadresse der Universität Hannover verfasst hatte, schrieb ich die Universität an. Ich kannte den Präsidenten, Professor Volker Epping, aus meiner früheren Tätigkeit persönlich. Ob es nicht dem Selbstverständnis einer Hochschule widerspräche, wenn eine ihrer Professorinnen durch Verbreitung falscher Anschuldigungen einer Autorin/Bloggerin das Handwerk zu legen versuchte, wollte ich wissen. Gerade Hochschulen sind der Freiheit der Lehre und Forschung verpflichtet, sollte ihnen also nicht auch die Meinungs- und Pressefreiheit Herzensangelegenheit sein? Der Präsident selbst hatte sich schließlich gerade erst öffentlich darüber empört, dass einige Großunternehmen immer mehr Einfluss auf die Doktorarbeiten der Studenten nehmen würden und dadurch die Freiheit der Lehre und Forschung beeinträchtigten.

In meinem Fall legte die Hochschule andere Maßstäbe an den Tag. Das Verhalten der Professorin sei nicht zu beanstanden, sie dürfe ihren Dienstcomputer auch für private Korrespondenz nutzen, teilte man mir mit. Somit hatte die Verleumdungskampagne, mit der die Professorin mich mundtot machen wollte, nachträglich zwar nicht den Segen des von ihr kontaktierten Bischofs aber immerhin der Universität Hannover erhalten. Es war ihr gelungen, mich in ein schiefes Licht zu rücken.

Wie gut das Netzwerk funktionierte, mit dem man mich in die Täterecke zu drängen versuchte, wird auch aus einem Schreiben des Vizepräsidenten des Verwaltungsgerichts Hannover, Ingo Behrens, deutlich. Auf meine Interviewfragen an den Richter Kleine-Tebbe teilte er mir mit, dass meine „*Suggestivfragen*" einen „*angemessenen Realitätsbezug*" vermissen lassen und offenbaren würden, dass es mir „*keinesfalls um eine seriöse Recherche*" ginge. Auch sei es äußert befremdlich und fragwürdig, dass ich anonym getätigte Äußerungen nicht nachprüfbaren Inhalts überhaupt zum Anlass nehmen würde, um Recherchen für ein „*Sachbuch*" zu betreiben. Und ähnlich wie Professorin Rauh warf er mir vor, dass ich diffamierenden, nationalsozialistisch-gesinnten Stimmen breiten Raum geben würde und dadurch Rechtsverletzungen fördern würde.

Die vermeintlich tatsachenfernen Suggestivfragen an Richter Kleine-Tebbe habe ich, ebenso wie die Schreiben der Professorin, in der Materialsammlung in meinem Internet-Blog eingestellt, damit sich der Leser selbst ein Bild machen kann.

Festzuhalten bleibt, dass die Zahl der Akteure, die die Aktenmanipulationen, Falschaussagen und rechtlich unzulässigen Ermittlungen gegen den Bürger Mertins durch Ignoranz, Gleichgültigkeit und eine Gefälligkeitspolitik gegenüber Behördenkollegen billigten, bedenklich zugenommen hatte.

Die Hannover Connection 2.0 war geboren.

Hannover Connection 2.0: Behördenwillkür und Herrschaftsgebaren

Um es vorweg zu betonen: Die Mehrheit der Polizisten leistet für unsere Gesellschaft unverzichtbare Arbeit. Die alles andere als fürstlich bezahlten Polizeibeamten müssen immer wieder ihren Kopf für Fehlleistungen von Politik und Behördenleitungen hinhalten, so zuletzt bei den Gewaltausbrüchen anlässlich des G-20-Gipfels in Hamburg. Gleiches gilt für die Mitarbeiter von Behörden und Gerichten. Umso wichtiger ist es, Fehlverhalten wie im vorliegenden Fall nicht widerspruchslos hinzunehmen, sondern sichtbar zu machen.

Die tiefverwurzelte Sehnsucht der Menschen, in einem intakten Umfeld zu leben, ist in Deutschland besonders ausgeprägt. Dies mag seinen Ursprung in den Erfahrungen aus zwei verheerenden Weltkriegen im vorigen Jahrhundert haben, die tiefe Spuren hinterlassen haben. Zu einem intakten Umfeld gehört für die Menschen neben der Einbindung in das familiäre Umfeld und in freundschaftliche Beziehungen auch das Grundvertrauen, dass die staatlichen Institutionen funktionieren. Wenn auch nicht in jedem Einzelfall, so doch im Großen und Ganzen.

Rund achtzig Prozent der deutschen Bürger haben Vertrauen in die Polizei. Bei den Richtern sieht das schon weniger gut aus, dennoch ist die Mehrheit der Bevölkerung der Meinung, dass der deutsche Rechtsstaat funktioniert. Damit kontrastiert ein weit verbreitetes Misstrauen gegenüber politischen Mandatsträgern. Gerade in den letzten Jahren hat sich in der Bevölkerung der Eindruck verfestigt, dass Politik über die Köpfe der Menschen hinweg gemacht wird. Drohende Altersarmut, eine ständig steigende Zuwanderung in die Sozialsysteme - zuletzt berichteten Medien über einen dramatischen Zuzug von Roma aus Osteuropa, die kaum integrierbar seien - fördern das Gefühl, nicht mehr Herr im eigenen Land zu sein. Terroranschläge, kaum noch kontrollierbare Gewaltausbrüche wie in der Kölner Silvesternacht und zuletzt beim G-20-Gipfel in Hamburg und no-go-Areas in etlichen deutschen Großstädten verstärken den Eindruck, dass die Politik die Sicherheit der deutschen Bürger sträflich vernachlässigt. Berichte über viel zu lasche Urteile bei Straftaten jugendlicher Wiederholungstäter tragen zu diesem Eindruck ebenso bei wie solche über Stadtviertel, die von arabischen Clans regiert werden.

Der Philosoph und Autor Peter Sloterdijk spricht in einem ‚Spiegel'-Interview in der Ausgabe 26/2017 von Strukturen der Machtausübung, die man verwerflich fände, wenn man sie mit ihrem wahren Namen bezeichnen würde: der „*Oligokratie*". Das Prinzip der Oligokratie sei das große Betriebsgeheimnis der politischen Strukturen in Deutschland, die sich als demokratisch ausgeben, in Wahrheit jedoch undemokratisch seien, weil sie sich über Bürgerinteressen hinwegsetzen.

Die politischen Eliten werden dagegen vermutlich ins Feld führen, dass es den Deutschen noch niemals so gut ging wie gerade jetzt. Misst man das Wohlbefinden an Wirtschaftsdaten wie Bruttoinlandsprodukt, Exporterfolgen, Einkommensentwicklung und Wohlstand, mag das zutreffen. Doch hängt die Zufriedenheit mit den persönlichen Lebensumständen nicht primär davon ab, ob Deutschland in seiner Gesamtheit wirtschaftlich erfolgreich ist. Wenn immer mehr Bürger das Gefühl haben, ein nicht gehörter und nicht anerkannter Teil der Gesellschaft zu sein und fremdbestimmt zu werden, läuft etwas schief. Wenn immer mehr Bürger sich von oben herab behandelt und gegängelt fühlen, erklärt dies bereits zum Teil die Diskrepanz zwischen der relativ geringen Zufriedenheit der Deutschen mit den politischen Strukturen einerseits und den herausragenden wirtschaftlichen Erfolgen des Landes andererseits. Viele Bürger fühlen sich ausgeliefert und wehrlos.

Dies gilt auch für den vorliegenden Justizfall. Obwohl ich

selbst nicht unmittelbar betroffen war und in gesicherten Verhältnissen lebe, fühlte auch ich mich einer Übermacht aus behördlicher Willkür und Arroganz ausgeliefert. Egal welche Fakten ich ins Feld führte, egal wie sehr ich mich um konstruktive Gespräche bemühte, ungeachtet dessen, dass mich fast alle Akteure aus meiner früheren Tätigkeit in der Niedersächsischen Staatskanzlei kannten, man zeigte mir die kalte Schulter. Glasklare Fakten und Beweisstücke wurden ignoriert, ich selbst als verleumderische Person bezeichnet, die alles nur erfunden hätte. Ich bekam zu spüren, wie es ist, wenn staatliche Institutionen sich verbünden, um einen als lästig empfundenen Bürger ins Abseits zu stellen.

Die Hannover Connection 2.0 ist ein konkretes Beispiel für ein durch Arroganz und Herrschaftsgebaren der beteiligten Justiz- und Polizeibehörden geprägtes Verhalten. Dass ein Bürger, in diesem Fall der Kaufmann Olaf Mertins, zu Unrecht der Planung eines Bombenanschlags bezichtigt wird, kann passieren. Auch Polizeibeamte und Richter sind vor Fehlern nicht gefeit. Doch wenn dies zur Folge hat, dass der Bürger sich schutzlos einer Vertuschungskampagne eines Netzwerkes aus Politik, Behörden und Justiz ausgesetzt sieht, ist dies ein Beispiel für Strukturen der Machtausübung, die von Sloterdijk in seinem bereits erwähnten ‚Spiegel'-Interview als frivol beschrieben werden. Dass der Bürger zudem noch mit Duldung der Behörden mit Morddrohungen konfrontiert wird, setzt dem Ganzen die Krone auf.

Um die rechtswidrigen Ermittlungen der Polizeibehörde zu vertuschen, wurden Vermerke neu geschrieben und abgeändert. Es wurden dem Landtag, der Landesdatenschutzbehörde und den Gerichten Polizeiberichte mit falschen Anschuldigungen vorgelegt. Wider besseres Wissens wurde behauptet, dass Mertins damit gedroht habe, den niedersächsischen Justizminister in die Luft zu sprengen.

Die unzutreffenden Anschuldigungen zogen weitere gravierende Nachteile für den Kaufmann nach sich. Er verlor bis auf einen Punkt seine Klage vor dem Verwaltungsgericht Hannover und später auch vor dem Oberverwaltungsgericht Lüneburg.

Nachdem Mertins von den *„getürkten“* Vermerken erfahren hatte und eine Neuaufnahme des gerichtlichen Verfahrens anstrebte, wurden seine Anträge auf Prozesskostenhilfe wegen Aussichtslosigkeit abgewiesen. Selbst seine Klage gegen den Leitenden Oberstaatsanwalt Fröhlich, der noch im September 2014 mir gegenüber behauptet hatte, Mertins habe sehr wohl einen Bombenanschlag angedroht, wurde abgewiesen. Und auch sein Antrag auf Prozesskostenhilfe für ein Berufungsverfahren wurde negativ beschieden. Was immer Mertins für seine Rehabilitation unternahm, er rannte gegen Mauern an. Und bevor die Entscheidungen ihm offiziell bekannt gegeben wurden, waren sie bereits von den ‚Kameraden' in meinem Blog gefeiert worden. Später einigten sich die Zivilgerichte und das Verwaltungsgericht Hannover nicht über die Zuständigkeit und Mertins Anliegen versandete im Gestrüpp der Bürokratie. Und das Justizministerium gab dem Ganzen auch noch seinen Segen.

Die Hannover Connection 2.0 tat anscheinend alles, um die rechtswidrigen Handlungen der Polizeibehörde in den Jahren 2008/2009 nachträglich abzusegnen.

Die von mir um Unterstützung gebetenen Landtagsabgeordneten verweigerten diese. Niemand war bereit, für die gebotene Transparenz und Aufklärung zu sorgen. Dies war in den Justizskandalen um Gustl Mollath und Horst Arnold nicht anders. Anders als Mertins wurden Arnold und Mollath auf Grund falscher Anschuldigungen jahrelang hinter Gittern beziehungsweise in einer geschlossenen Anstalt für Psychiatrie weggeschlossen. Auch sie hatten zuvor Abgeordnete um

Hilfe gebeten und wurden mit Missachtung gestraft. Mertins wurde nicht weggesperrt, und doch hat das Fehlverhalten der Behörden sein Leben massiv beeinträchtigt.

Volker L. bestätigte in seinem Schreiben an Schittke, dass man auf Mertins zunächst wirtschaftlichen Druck und später auch physischen und psychischen Druck ausgeübt habe. Er verlor sein Beratungsunternehmen und sah für sich angesichts der Bedrohungslage, der er seit Ende 2008 ausgesetzt war, keine Chance zu einem wirtschaftlichen Neuanfang.

Der ehemals erfolgreiche Geschäftsmann lebt seither von Zuwendungen aus seinem Bekanntenkreis, der ihn umgekehrt in Finanz- und Bankangelegenheiten um Rat fragt. Zudem betreut er seinen Sohn, den er auf Schritt und Tritt bewacht, da er noch immer befürchten muss, dass die ‚Kameraden' ihre Drohung doch noch umsetzen und das Kind einem Pädophilenring aushändigen oder dieser selbst aktiv wird aufgrund des ins Darknet gestellten Fotos.

Und ausgerechnet gegen ihn wird jetzt wegen Verleumdung ermittelt, wie noch dargelegt wird.

Seit August 2016 haben sich die Drohungen gegen ihn potenziert. Die involvierten Behördenvertreter haben Mertins' verbrieftes Recht auf menschenwürdige Behandlung verweigert. Keines der von mir kontaktierten Ministerien, deren nachgeordnete Behörden, kein Gericht und kein Abgeordneter waren bereit, die Morddrohungen zu verurteilen und den ‚Kameraden' dadurch die Basis für ihre Taten zu entziehen.

Es herrschte eine stillschweigende Übereinkunft in der Hannover Connection 2.0, die Morddrohungen und sonstigen Straftaten der ‚Kameraden' zu ignorieren. Die ‚Kameraden' fühlten sich dadurch bestätigt, ihre Drohungen wurden brutaler. Sie schalteten ‚Reichsbürger' und einen Pädophilenring ein und bemächtigten sich meiner Dateien.

Ihr Vorgehen wurde von den Polizei- und Justizbehörden geduldet, meine Anzeigen negativ beschieden oder gar nicht. Die Gleichgültigkeit, mit der die Hannover Connection 2.0 auf die Bedrohungslage von Mertins und seinem Kind reagierte, offenbart ein gesellschaftliches Phänomen, das symptomatisch für unsere Zivilgesellschaft zu sein scheint: Empathie und Zivilcourage treten immer mehr in den Hintergrund. Dies macht das Leben in Deutschland ungeachtet des steigenden Wohlstandes nicht lebenswerter.

Die Arroganz von Behörden im Umgang mit Bürgern füllt Bücher, Internetforen und Zeitungsberichte. Die Hannover Connection 2.0 bietet ein unrühmliches Beispiel dafür. Aus langjährigen Erfahrungen im Umgang mit Behörden und Gerichten ist mir sehr wohl bewusst, dass der hier dokumentierte Fall nicht die Regel ist. Doch ist er keinesfalls ein Einzelfall. Den Polizeireporter Bastian Modrow von den Kieler Nachrichten ereilte ein ähnliches Schicksal wie mich. Nachdem er über Aktenmanipulationen und unterdrückte Aussagen in der sogenannten Rockeraffäre bei der Landespolizei Schleswig-Holstein recherchierte und als Beweis interne Dokumente der Polizei veröffentlichte, wurde sein E-Mail-Postfach abgegriffen. Doch anders als in Niedersachsen steht die Polizeiführung dort unter Druck der Öffentlichkeit.

Auch der Rundfunkjournalist Wolfgang K. wurde Opfer behördlicher Willkür und Überheblichkeit. Er wurde als potentieller Betrüger behandelt, wobei die Polizeibehörden in Hannover und Thüringen sein hieb- und stichfestes Alibi unter den Tisch fallen ließen. Nachdem sein Anwalt Matthias Waldraff gravierende Ermittlungsfehler ausmachte, musste das Verfahren eingestellt werden. Eine Wiedergutmachung für die monatelangen Verdächtigungen und die Erstattung der Anwaltskosten sind niemals erfolgt.

Wertet man aktuelle Kommentare und Zuschriften von Bürgern aus, scheint es immer mehr um sich zu greifen, dass Vertreter von Parlamenten und Behörden dem Bürger nicht auf Augenhöhe begegnen und ihm das Gefühl geben, unterlegen, oftmals gar wehrlos zu sein. Dabei sind es die Bürger, die den Staat und seine Institutionen, wozu auch Polizeibehörden, Gerichte und Parlamente gehören, finanzieren und nicht umgekehrt.

Dass es auch anders gehen kann, stellte der Vizepräsident des Landgerichts Braunschweig, Jan-Michael Seidel, unter Beweis. Ich hatte die Justizbehörde wegen eines von dort betriebenen Zwangsvollstreckungsverfahrens der Obergerichtsvollzieherin Herzer um Stellungnahme gebeten. Diese hatte Mertins wegen Gerichtsforderungen von über 2.000 Euro aus den abgelehnten Anträgen auf Prozesskostenhilfe einbestellt und sich nach seiner Wohnadresse erkundigt. Dass Mertins, dessen kleiner Sohn im Fokus der ‚Kameraden' stand, zurückhaltend reagierte, ließ sie nicht gelten. Ich wollte wissen, ob das Gericht sicherstellen könne, dass die Obergerichtsvollzieherin die Adresse des Wohnsitzes, wo sich das Kind aufhält, nicht an Unbefugte weitergibt. Immerhin hatte einige Wochen zuvor ein „Gerichtsvollzieher" Mertins' Eltern aufgesucht, seine Wohnadresse wissen wollen und in meinem Blog *„die zeitnahe Beseitigung des Killerschweins und seiner Brut*" gefordert.

Bereits am nächsten Tag erhielt ich eine Antwort vom Vizepräsidenten. Er erläuterte die aufsichtsrechtlichen Maßnahmen gegenüber Gerichtsvollziehern, die dem Präsidenten des Amtsgerichts obliegen, in dessen Bezirk der betreffende Gerichtsvollzieher seinen Sitz hat. Dies sei im vorliegenden Fall das Amtsgericht Hannover, an das er meine Anfrage daher zwecks Prüfung und weiterer Veranlassung weitergeleitet habe.

Wie bei allen anderen Anfragen meinerseits ans Amtsgericht zu dem Buchprojekt habe ich von dort nichts gehört.

Zumindest der Vizepräsident des Landgerichts Braunschweig war im Unterschied zu seinen Kollegen in Hannover bereit, ein berechtigtes Bürgeranliegen ernst zu nehmen und für Aufklärung zu sorgen. Bei den Mitgliedern der Hannover Connection 2.0 bestand und besteht hingegen unverkennbar die Auffassung, dass die Bürger nicht die *„Arbeitgeber der Politiker und Behörden“* sind, wie der Sänger Herbert Grönemeyer es trefflich ausdrückte, sondern ihre *„Angestellten“*. Denn die Bürger sind es, die mit ihrer Leistungskraft und ihren Steuerzahlungen den Staat am Leben erhalten und nicht umgekehrt.

Womöglich hätte der Justizfall Mertins einen anderen Verlauf genommen, wenn jemand von Kaliber eines Jan-Michael Seidel nicht beim Landgericht Braunschweig, sondern beim Verwaltungsgericht Hannover oder im Justizministerium selbst in führender Position tätig wäre.

Besonders fatal am Beispiel der Hannover Connection 2.0 ist indes die Tatsache, dass nicht einmal die von mir um Hilfe gebetenen Vertreter der Bürger, die in den Landtag entsandten Abgeordneten, ihren Verpflichtungen nachgekommen sind. Vielmehr haben sie kläglich dabei versagt, ihren Kontrollaufgaben im Sinne der niedersächsischen Bürger gerecht zu werden. Ob dies aus Bequemlichkeit geschah, aus politischem Kalkül oder weil man sich nicht mit der Hannover Connection 2.0 überwerfen wollte, sei dahingestellt.

So oder so ist dieses Verhalten ein Beleg für das Versagen der demokratischen Institutionen im Justizfall Mertins.

Plenarsaal im Niedersächsischen Landtag

Ein offenes Ende …

Monatelang gab es auf meine Online-Strafanzeige wegen des Abgreifens meines elektronisches Postfachs und der Auswertung meiner Dateien durch die ‚Kameraden' keine Reaktion. So schaltete ich erneut einen Computerexperten ein. Diesem gelang es, über zwei IP-Adressen der ‚Kameraden' deren Netzbetreiber ausfindig zu machen. Somit war es jetzt möglich, die Personen, die hinter den Morddrohungen und anderen Straftaten steckten, zu identifizieren. Dies erforderte allerdings ein offizielles Auskunftsersuchen der hiesigen Polizeibehörden. Ich empfahl Olaf Mertins das Schreiben von *Volker L.*, in dem die Einstellung eines Fotos seines Sohns im Darknet für Pädophile zugegeben worden war, zusammen mit den jetzt selbst ermittelten Fakten der Polizeidirektion zu übergeben. Kurz darauf meldete sich Kriminalkommissar Carsten Ehlert bei Mertins. Er wollte meine Telefonnummer haben. Diese hatte ich seinem Vorgesetzten Haunschild bereits im November mitgeteilt. Auch seine Bitte, ihm die Originalmail von *Volker L.* zuzuleiten, überraschte mich. Die Originalmail befand sich schließlich seit Monaten im Besitz der Polizeibehörden, war sie doch zeitgleich dem Landespolizeipräsidenten Uwe Binias zugegangen.

Noch befremdlicher war das Ansinnen des Polizeibeamten, den E-Mail-Header der Mail von *Volker L.* auslesen zu lassen. Weshalb hatte die Polizei dies nicht längst getan? Bereits Monate zuvor hatte ich den Polizeipräsidenten Volker Kluwe angeschrieben und gefragt, weshalb man die Drohung von *Volker L.*, Mertins Sohn einem Pädophilenring auszuliefern, nicht zum Anlass für Ermittlungen nehme. Die Mailadresse, unter der *Volker L.* agierte, war dort seit langem bekannt. Als geradezu grotesk empfand ich die Handlungsanweisung zum Auslesen des E-Mail-Headers. Wie glaubte Ehlert, war ich an die IP-Adressen von zwei ‚Kameraden' gekommen? Durch Visionen oder göttliche Eingebungen?

Während die Polizeidirektion mit mir kommunizierte, wurden zeitgleich hinter meinem Rücken die Dateien meines Blogs gespiegelt. Dieselbe Staatsanwaltschaft, die monatelang Ermittlungen wegen der Morddrohungen verweigert hatte, wurde bei meinem Webhoster in Westdeutschland vorstellig, um die Dateien meines Blogs abzugreifen. Der Beschlagnahme von Dateien sind bei Journalisten und Autoren enge Grenzen gesetzt. Sie führt nach vorherrschender Rechtsprechung zu einer Verunsicherung der Betroffenen und erweckt den Eindruck, dass die Person in kriminelle Handlungen verstrickt sein könnte. So auch hier. Der Webhoster, der mich persönlich nicht kennt, war irritiert. Als ich von der Aktion erfuhr, war auch ich beunruhigt. Wurde jetzt gegen mich ermittelt? Immerhin hatte die Ehefrau des Richters Kleine-Tebbe landauf, landab verkündet, dass ich Gerichte und Behörden verleumden und ihren Mann verunglimpfen würde. Auch sei ich eine „*Gossenschreiberin*", der man das Handwerk legen müsse.

Der von mir beauftragte Anwalt Bernd Karwiese bat die Staatsanwaltschaft um umgehende Akteneinsicht und legte Widerspruch gegen jegliche gegen mich gerichtete Ermittlungen ein. Akteneinsicht wurde ihm verwehrt. Es würde nicht gegen mich ermittelt. Einen richterlichen Beschlagnahmebeschluss gäbe es nicht, da der Webhoster meine Dateien ja freiwillig ausgehändigt hätte. Das setzte dem Ganzen die Krone auf.

Offensichtlich blieb ihm gar nichts anderes übrig, als die von zwei Vertretern der Staatsmacht begehrten Dateien auszuhändigen beziehungsweise sie spiegeln zu lassen. Hätte er sich gesträubt, hätten die Behörden womöglich die Festplatte mit dem Datenbestand seiner gesamten Kundschaft mitgenommen und dadurch seinen Betrieb lahmgelegt. So war es in diesem Moment das kleinere Übel für ihn, den Behörden meine Dateien auszuhändigen.

Die Staatsanwaltschaft berief sich zudem auf § 110 der Strafprozessordnung, wonach Datendurchsuchungen der Betroffenen zulässig sind. Auch wenn der Gesetzgeber zwischen Beschlagnahmungen von Dateien und sogenannten vorläufigen Beschlagnahmungen im Sinne von Durchsicht der Dateien unterscheidet, ist die Wirkung in der Praxis dieselbe. In beiden Fällen werden Dateien gespiegelt und von den Ermittlungsbehörden ausgewertet.

Wie sich aus der entsprechenden Verfügung der Staatsanwaltschaft vom 6. Juli 2017 - AZ NZS 1161 Js 30824/17 - ergibt, wurde gegen Olaf Mertins ermittelt. Der Richter Andreas Kleine-Tebbe hatte Strafanzeige wegen Verleumdung gegen ihn gestellt. Man halte sich vor Augen: Seit einem Jahr wurde der Kaufmann immer wieder mit Morddrohungen überzogen, meine Dateien waren gehackt worden, mein E-Mail-Postfach war von den Kameraden abgegriffen und ausgewertet worden. Meine Passwörter waren verbreitet worden. Es waren Akten der Polizei manipuliert worden und ermittelt wurde jetzt ausgerechnet gegen das Justizopfer selbst. Ein Richter fühlte sich verleumdet und die Ermittlungsbehörden wurden umgehend tätig. Deutlicher konnten die Behörden nicht zum Ausdruck bringen, dass sie Normalbürger wie Mertins und mich als Bürger zweiter Klasse behandeln. Dem Vernehmen nach gehen die Behörden zudem davon aus, dass Mertins selbst hinter den Morddrohungen und sonstigen Straftaten steckt. Weshalb aber sollte ausgerechnet er in mein elektronisches Postfach eindringen und Datendiebstahl begehen? Der Schriftwechsel zwischen uns war ihm doch bekannt. Und dass er sein eigenes Kind als *„genmutierte Mißgeburt“* bezeichnet und sogar sein Foto ins Darknet für Pädophile einstellt, ist mehr als abwegig. Auch der vorliegende Schriftwechsel der ‚Kameraden’ belegt die Absurdität des Verdachts.

Ein weiteres Mal legte die Staatsanwaltschaft Hannover

ein rechtlich mehr als fragwürdiges Verhalten an den Tag. Zudem bestand nicht der geringste Anlass, die Aktion hinter meinem Rücken durchzuführen. Ich hatte der Polizeidirektion bereits im November 2016 angeboten, die IP-Adressen der ‚Kameraden' zur Verfügung zu stellen. Obwohl nicht reagiert wurde, habe ich die auf meine Initiative und Kosten ermittelten Netzbetreiber von zwei IP-Adressen der Polizeidirektion zur Verfügung gestellt und damit meine Kooperationsbereitschaft mehr als deutlich zum Ausdruck gebracht. Dass die Behörden es dennoch für ratsam hielten, die Dateien meines Blogs zu „beschlagnahmen", spricht für sich. Das Vorgehen wäre allenfalls bei Gefahr im Verzug vertretbar gewesen. Glaubte die Staatsanwaltschaft allen Ernstes, dass ich meinen Lebensmittelpunkt in einer Nacht-und-Nebel-Aktion verlassen und die Dateien meines Blogs mitnehmen würde? Davon konnte selbstverständlich keine Rede sein.

Was die Recherchen hinsichtlich des von *Volker L.* erwähnten Pädophilenrings im Darknet betrifft, habe ich den eindringlichen Rat des Autors Jürgen Roth befolgt und diese - nicht zuletzt im Interesse meiner eigenen Sicherheit - nicht weiterbetrieben.

Zwischenzeitlich wurde von der Generalstaatsanwaltschaft Frankfurt am Main eine Online-Pädophilen-Plattform im Darknet gesprengt. Ob es weitere Pädophilennetzwerke im Darknet gibt, wie diverse Schreiben von *Volker L.* vermuten lassen, war nicht in Erfahrung zu bringen. Dies kann nur *Volker L.* selbst sagen, der bislang nicht identifiziert wurde. Ob die Polizeidirektion sich hierum ernsthaft bemüht, ist fraglich. Ein Auskunftsgesuch bei dem Netzbetreiber in Paris, dem die IP-Adressen von zwei ‚Kameraden' hatten zugeordnet werden können, wurde augenscheinlich nicht gestellt. Die *„Ermittlungsbemühungen"* des zuständigen Kommissars Ehlert, bei dem nach meinem Eindruck erhebliche Informationslücken auszumachen waren, gaben wenig Anlass zu Hoffnungen. Sie wurden schnell wieder eingestellt. Es sei nicht möglich, die Absender zu identifizieren, teilte die Staatsanwaltschaft Mertins mit.

Meine Bemühungen, mit den maßgeblichen ‚Kameraden' *Volker L., Jens Röpke, Bernd Herstedt* und zuletzt dem ‚Kameraden' *Boll* ins Gespräch zu kommen, liefen ins Leere. Nach wie vor bin ich überzeugt davon, dass sie nicht aus eigenem Antrieb handelten, sondern hierzu von höherer Stelle angestiftet wurden. Um das zu verifizieren, wären Aussagen der Betroffenen erforderlich. Die mehrfach geäußerten Erklärungen der zuständigen Ministerien, dass keinerlei Anhaltspunkte für eine Beteiligung von Behördenmitarbeitern am Netzwerk der ‚Kameraden' vorlägen, dürften Schutzbehauptungen sein und lassen eine Vielzahl gegenteiliger Indizien außer Acht.

Ob dem Rechtshilfeersuchen des Ehepaars Kleine-Tebbe stattgegeben wurde, war ebenfalls nicht in Erfahrung zu bringen. Die Behörden mauern. Mertins selbst berichtete, dass die Bedrohungen in den letzten Wochen weniger geworden sind. Doch vermag niemand zu sagen, ob dieser Zustand nur vorübergehend ist, oder es nach einer Unterbrechung erneut zu den abscheulichen Drohungen gegen seinen Sohn und ihn kommt.

Dass gebetsmühlenartig von den führenden Politikern des Landes wiederholte Mantra, es ginge den Deutschen so gut wie noch niemals zuvor, droht zur wohlfeilen Floskel zu verkommen. Wie gesagt hängen Lebensqualität und das Empfinden der Bürger, dass es gerecht und fair in ihrem Land umgeht, keinesfalls nur von der Entwicklung des Einkommens und materiellen Werten ab. Die Bürger müssen sich darauf verlassen können, dass Recht und Gesetz auch dann zur Anwendung kommen, wenn sie sich gegen Behörden oder Politiker wenden.

Wenn Bürger einem jahrelangen psychischen Druck ausgesetzt werden, verbirgt sich dahinter eine besonders subtile Form der Machtausübung. Davon Betroffene müssen gravierende Einschränkungen ihrer Lebensqualität hinnehmen, ohne etwas dagegen tun zu können. Ihre Menschenwürde wird permanent untergraben, weil sie Angst haben müssen, dass die Drohungen wahrgemacht werden. Erstrecken sich die Drohungen auch noch auf ein wehrloses Kind, wird es für die Eltern geradezu unerträglich. Aus gutem Grund ist es originäre Aufgabe des Staates, sicherzustellen, dass psychische und physische Bedrohungssituationen wie im vorliegenden Fall nicht geduldet werden. Auch wenn sich eine ‚Kameraden'-Gruppe bester Verbindungen zur Justiz und Politik rühmt, kann der Staat nicht tatenlos zusehen, wie ein Bürger jahrelang Schikanen der Gruppe überlassen wird.

Aktuell sehen sich immer mehr Blogger genötigt, ihre Berichterstattung einzustellen, weil sie unter Druck gesetzt werden. Dies kann auf vielfältige Weise geschehen. Neben wirtschaftlichem Druck sind mit Zeitaufwand und Kosten verbundene Klageandrohungen ein probates Mittel, um Existenzängste auszulösen. Auch mir wurde mit Klagen gedroht und nachdem dies keinen Erfolg brachte, wurde ich mit einer Verleumdungskampagne überzogen, an der langjährige Verbindungen und Bekanntschaften zerbrochen sind.

Die Hannover Connection 2.0 ist kein Einzelfall, wie u. a. die bereits erwähnten Vorkommnisse im sogenannten „Rockerverfahren" der Polizeidirektion Kiel belegen. Personen, die Ermittlungspannen aufdecken, werden unter Druck gesetzt.

Anders als der Vorsitzende des „Vereins gegen Rechtsmissbrauch" Horst Trieflinger in seinem Vorwort schreibt, möchte ich allerdings weiterhin meiner Meinung Glauben schenken, dass die weit überwiegende Zahl der Richter unabhängig und um Fairness bemüht urteilt. Dass es dabei immer wieder auch zu Fehlurteilen kommen kann, liegt auf der Hand. Auch Richter sind Menschen und vor Fehlern nicht gefeit. Deshalb dürfte der Vorschlag Trieflingers, die Institution des Ombudsmannes beziehungsweise der Ombudsfrau vergleichbar dem schwedischen Modell zu schaffen, ein sinnvoller Schritt sein. Hiermit könnte insbesondere Bürgern geholfen werden, die nicht über die finanziellen Mittel verfügen, den Instanzenweg auszuschöpfen. Gleiches gilt für die Polizei, die für die Gesellschaft unverzichtbare Arbeit leistet. Doch gerade deshalb muss Fehlverhalten von vornherein im Keim erstickt und aufgedeckt werden.

Personen, die mit ‚Kameraden' sympathisieren, die einen Bürger jahrelang mit Morddrohungen schikanieren, Datendiebstahl betreiben und Naziparolen vertreiben, haben in Polizeibehörden und Gerichten nichts zu suchen. Hier wäre die Politik gefordert. Zum einen die den Ermittlungsbehörden übergeordneten Ministerien, zum anderen die zuständigen Landtagsabgeordneten des Kontrollausschusses. Ihr Versagen ist es, das die Bürger in besonderem Maße beunruhigen muss. Sie wählen die Politiker, damit diese ihrem Auftrag gerecht werden, rechtsstaatliche und demokratische Grundsätze zu garantieren. Hierbei haben sie im hier dokumentierten Fall versagt.

Die Bürger können auf mahnende Worte und Aufforderungen, ihre demokratischen Pflichten wahrzunehmen und zur Wahl zu gehen, gut und gerne verzichten. Nicht verzichten können sie aber auf eine rechtsstaatliche Polizei- und Justizverwaltung. Es wäre die Aufgabe der verantwortlichen Politiker in der niedersächsischen Landesregierung und im Parlament gewesen, die gebotene Transparenz herzustellen und die festgestellten Missstände aufzuklären. Dies wurde bislang versäumt.

Es ist höchste Zeit, das Versäumte nachzuholen.

Namensregister

A

B

D

E

F

G

H

‚Kameraden' / Kommentatoren aus dem Blog:

Zur Person

Bettina Raddatz

hat nach ihrem wirtschaftswissenschaftlichen Studium zunächst im Bundesbildungsministerium gearbeitet, bevor sie nach Niedersachsen ging, wo sie als Referentin im Wirtschaftsministerium und später Referatsleiterin in der Staatskanzlei tätig war.

Zuletzt war sie Leiterin des Europäischen Informations-Zentrum. Nach einem Sachbuch über einen Wirtschaftsskandal hat sie vier Politikkrimis geschrieben.

Außerdem betreibt sie den Blog www.Bettina-Raddatz.de.

Von Bettina Raddatz sind bisher erschienen:

TREU & GLAUBEN
Hinter den Kulissen eines Wirtschaftsskandals
179 Seiten // Campus Verlag
ISBN: 9783593345857 & 3-593-34545-4

DER SPITZENKANDIDAT
428 Seiten // Braumüller Verlag
ISBN: 978-3992000456

DIE STAATSKANZLEI
496 Seiten // Braumüller Verlag
ISBN: 978-3992000586

DIE KANZLERKANDIDATIN
400 Seiten // Braumüller Verlag
ISBN: 978-3992000852

DIE DEUTSCHLAND-VERSCHWÖRUNG
368 Seiten // Lau Verlag & Handel KG
ISBN: 978-3941400498